冥音录·只有骆驼知道

Chant Of The Styx · Only the camel knows

莫娜（Mona）
著/绘

氧·局部

云南出版集团
云南人民出版社

图书在版编目（CIP）数据

冥音录·只有骆驼知道 / 莫娜著、绘. -- 昆明：
云南人民出版社，2021.1

ISBN 978-7-222-20004-3

Ⅰ.①冥… Ⅱ.①莫… Ⅲ.①长篇小说－中国－当代 Ⅳ.①I247.5

中国版本图书馆CIP数据核字(2021)第008090号

冥音录·只有骆驼知道

Chant Of The Styx ·Only the camel knows

莫　娜◎著/绘

责任编辑：熊　凌　责任校对：杜佳颖
装帧设计：莫　娜　责任印制：马文杰

出版	云南出版集团 云南人民出版社	开本	889 × 1194 1/16
发行	云南人民出版社	印张	11.25
地址	昆明市环城西路609号	字数	70千
邮编	650034	版次	2021年1月第1版
网址	www.ynpph.com.cn	印次	2021年1月第1次印刷
E-mail	ynrms@sina.com	印刷	云南宏乾印刷有限公司
		书号	978-7-222-20004-3
		定价	118.00元

如需购买图书、反馈意见，请与我社联系。

总编室：0871-64109126　发行部：0871-64108507
审校部：0871-64164626　印制部：0871-64191534

4403·局部

镜瓷·局部

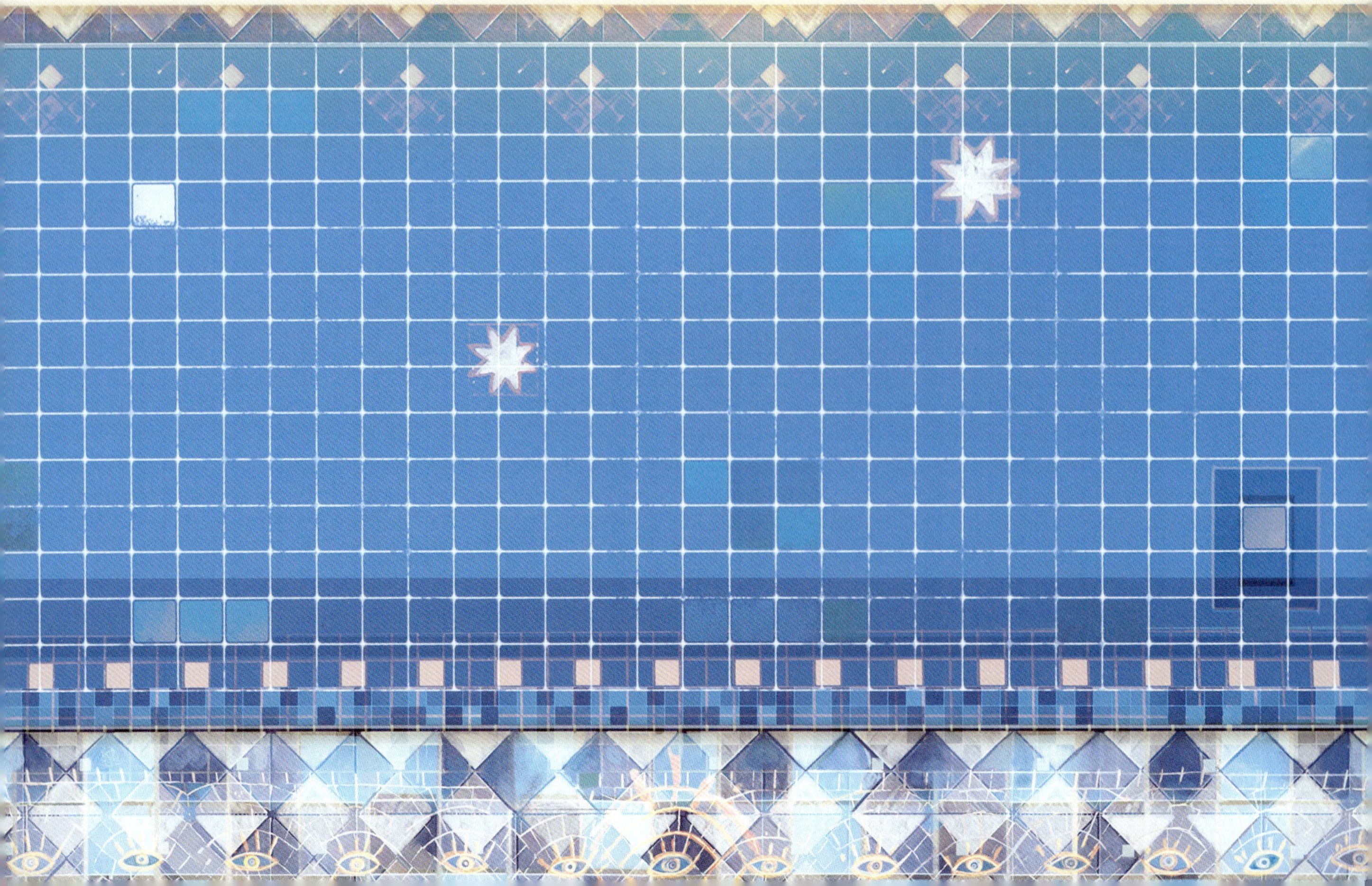

目录

Contents

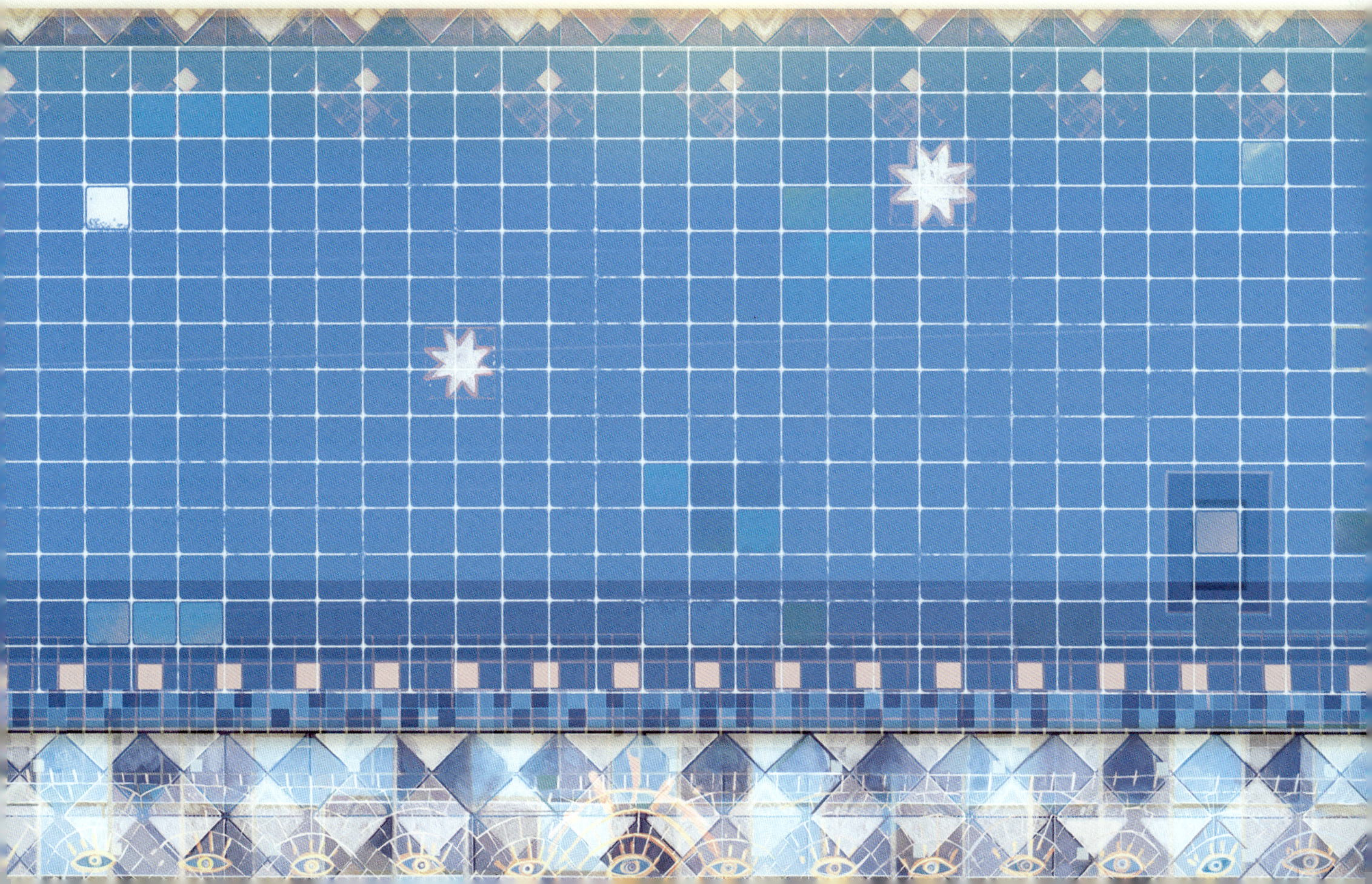

一

星河

雷鸣·局部

在密林上空有远去的雷鸣，白光过后，越岭岚漆黑的身影再次被大雨吞没。

不远处一幢孤寂的灰楼在风雨中飘摇，好似传说中那艘不祥的“太平轮”搁浅在生与死的交界。就这样，越岭岚与他此行的目的地，在一个说不清时间，道不明地点的雨夜山岭中相遇了。

雨幕从眼前的镜片滑过，越岭岚置身于一片朦胧之中。他站定，一动不动，放任自己沦陷在这刹那的虚幻之中……上次一别距今已是两年，在过去的八百四十五天里，越岭岚没有一天不在思念着吴霜霜——这个熟悉的陌生人，她惊恐而不知所措的眼睛时常会出现在他那些晦涩难懂的旧梦里。

脚下的大地传来异样的震动，又一道电光袭来，雷鸣却没有如期而至。越岭岚感到自己的左胸口一紧，冰凉的雨水刺入五脏六腑，他没来由地颤抖起来。

雷鸣·局部

越岭岚十分诧异，不知何时自己本该崭新的雨衣上出现了一个破洞，雨声唰唰，他百思而不得其解。当越岭岚用他冰凉的手按压胸前的破洞时，那里的雨水竟然变得温软柔和，再用力一点，心跳的声音就飘得更远了……

长满了枯败曼陀罗的草甸子，一夜间成了褐色的泥泽。越岭岚艰难向前，身后留下一条笔直的银线。一声惊雷，灰楼顶层的走廊灯闪了一闪，紧接着，这道灯光一路游移向下。

终于，一抹白色的身影夺门而出。

越岭岚屏住呼吸，虽然感到不可置信，但他还是一眼就认出了那个虚晃的影子——吴霜霜惨白的脸上镶嵌着一双空洞的黑眼睛，六神无主的长发散落在肩头，薄雾一样的纱裙轻轻地飘摆着，远远看去，像极了一只梦游的“幽灵”。

雷鸣

“幽灵”飘飘忽忽地奔到了高墙边。一块写有“星河疗养院”的门牌早已和锈蚀的巨大铁门纠缠在一起，门上挂着一盏老旧的绿皮铁灯，越岭岚目睹着它在暴雨中“挣扎”的样子——先是失魂落魄，转而气若游丝。

当铁门被吴霜霜推开时，一种比雷鸣更加刺耳的摩擦声传入越岭岚的耳朵里。他忽然想起自己和吴霜霜最初的相遇，她朝着他的方向绝望地大喊：“快逃，快逃！”越岭岚的心当时就碎了……

眼见吴霜霜冲破“牢笼”向“星河疗养院”后面的密林奔去，越岭岚如猎豹一般蹿了起来。就在吴霜霜将要爬上红泥田埂的一瞬间，越岭岚扑倒了她。与此同时枪声响起，一颗子弹贴着他的后背擦了过去，吴霜霜还没来得及发出惊叫，越岭岚冰冷的大手就掩住了她的呼吸。

“嘘！”越岭岚一边耳语，一边俯下身子。然后，他缓缓地闭上了眼睛。在接下来的几分钟里，他一动不动……有风吹过草甸子，他将头偏转，耳朵对着密林的方向倾听，均匀的呼吸声和着雨的声响，发出了“沙沙”的共鸣。

突然，密林边缘传来了一声怪物的尖啸，这神鬼莫辨的叫喊里夹杂着无边的痛苦和无处申诉的怨恨。越岭岚听罢，毛骨悚然。他拉起吴霜霜飞快地跑，朝着“星河疗养院”的方向，冲着黑夜里唯一有光的地方……

逃·局部

一双失魂落魄的男女在泥沼中奔逃。雨越下越大。

他们就像被恶鬼狩猎的“羊羔”，在逃命的路上深一脚浅一脚。又是一声尖啸传来，这声音贴着漆黑的夜空划过，紧跟着一个响雷猛砸了下来。吴霜霜惊得一怵，继而假死在当场。越岭岚看见她那张惊慌失措的脸上满是泪水。见此情形，他不由地将她的手握得更紧了……

两只湿漉漉的“羊羔”在荒野中没命地奔逃，仿佛跑了一辈子。终于，他们触碰到了星河疗养院的铁门。枪声接踵而至，草丛边的鹅卵石应声而碎。

已经超出了那个怪物的最大射程，这下安全了，越岭岚在心中暗自思量。他按住吴霜霜的肩膀，把她僵硬的身体从铁门前转了过来。惊慌过度的“幽灵”这才回了魂，空无一物的瞳孔里终于有了些活人的迹象。

就在这一刻，越岭岚鬼使神差地回头。就是这一眼，他看到了一幕不可思议的景象——在密林与泥泽的交界处，出现了一只巨大的白色骆驼。它矗立在曼陀罗盛开的彼岸，在黑夜的雨幕中散发出洁白的光芒。

时间在此刻停止，雨滴悬挂在半空中，呼吸没有了重量。嘴角扬起的笑意凝固在越岭岚棱角分明的脸上，唯有那藏在玻璃镜片下的深邃双眸，仍有意识在流转。这一刹那，越岭岚几乎明白了一切。他同时也想起了那个不朽的传说：

一捧黄沙埋葬了一代天骄成吉思汗，万马踏过的大地下沉睡着无数的宝藏；

墓地的大门紧闭，千年的风沙吹过，就再也没有人能够辨别方向；

终其一生地找寻，终究还是沉入了永恒的迷梦；

唯有那被献祭的白色骆驼，只有它还记得来时的路。

逃

然而，骆驼不再是唯一的知情者。

这天夜里，在这个“迷梦”中有一个男人醒了过来。他们彼此对望，一眼千年……

怪物并没有追上来。

越岭岚眼中的白色骆驼正在渐渐消失。而他也在刹那间完成了与臆想世界的沟通，同时也越发明确了此行的目的。

越岭岚收起笑意，拉起不再抗拒的吴霜霜，将她带回到她来时的地方。吴霜霜当然没能看见刚才那幅奇景，此时的她犹如一只迷途的风筝，在不明地点的荒郊野岭中被越岭岚发现。他小心翼翼地牵引着她，一步步向前，走进星河疗养院里。

就在铁门缓缓关闭的同时，大雨骤停。

泥泽不再浑浊，它变成了清澈的湖水。湿润的山风吹过，湖中倒映出如钻石般闪耀的景象。整个山林间回荡着蝉鸣，星星在身边流淌。湖面泛起了淡薄的雾气，两人仿佛置身绚烂的银河里。他们的心迷醉其中不能自拔，彼此的手在不知不觉间握得更紧了。就这样，他们谁都没有看对方，只有湖光在各自的眼波里流转。

过了良久，越岭岚听到了吴霜霜轻飘飘的声音：“你是谁？”

二
吴霜霜
逃·局部

星体投射
FOREST DIGITAL ART STUDIO

吴霜霜被雷鸣惊醒，浑身的冷汗。

她发现自己置身于一处陌生的房间。窗外雨声大作，窗玻璃被风砸得噼啪作响。吴霜霜不明白自己为什么会躺在病床上，她努力回忆之前曾经发生过的事，但意识总是停留在二十九号的晚上。再要往深处想，脑袋就会传来阵阵撕裂般的剧痛。

吴霜霜只依稀记得，自己在等待一个人，一个很重要的人，但她就是没办法想起那个人的名字和长相。她忽然有一股想哭的冲动，那是一个不应该被忘记的人，吴霜霜的心中涌出负罪感，这种感觉令她焦虑不安。紧接着，一种更为巨大的失落感像海啸一般将她吞没。

吴霜霜觉得自己快要窒息了，她想起身。转头，就在白光划过的一瞬间，她看见邻床的布帘后面有一双阴森的眼睛正在死死地盯着她。这双眼睛也许在她苏醒之前就已经藏在了那里，蛰伏在永恒不变的黑暗中，散发出寒冷的恶意……

吴霜霜的呼吸凝滞。又是一声炸雷，她看见拥有这双眼睛的躯体竟然猛烈地痉挛起来，漆黑的身子像濒死的鱼一般在青白的床单上跳动着，继而画出一道又一道触目惊心的焦痕。黑影身下的老旧铁床因为不堪重负而发出伤筋动骨的哀号。吴霜霜见状，惊骇得魂飞魄散。

她想逃跑，但她的身体却怎么也动不了，她唯一能做的就是——和对面的铁床一起发出绝望的尖叫……

吴霜霜再次被雷鸣惊醒，浑身都是冷汗。

她的叫声还回荡在这个空旷又陌生的病房里。在经历了刚才那个可怕的梦魇之后，吴霜霜不加任何思索，她飞也似的跳下床，身体紧贴着墙面，四肢摸索向前。她的心脏剧烈地跳动着，呼吸时快时慢。惨白的脸朝着门的方向，惊恐的眼睛则死死地盯着旁边那张挂满腐坏帷幔的不祥病床。

窗外雷声大作，玻璃窗被暴雨砸得噼啪作响。蓝色的闪电划过夜空，吴霜霜清楚地看见，帷幔里真的躺着一个人。脚下的地板传来了震动，铁床上的人好像也动了动。吴霜霜理智的最后一道防线崩塌了，她猛地拉开门，赤着双脚在幽暗的楼道里狂奔起来……

在这幢二十九层的老楼里，没有电梯。

在找到安全通道后，她没命地一路向下奔去。吴霜霜再也没有了追根究底的勇气。此刻，她不想知道自己为什么会出现在这幢老旧的医院中，也不再关心那亮着灯却空无一人的值班室里到底发生了什么事情。墙上的时钟永远地停留在 10 点 43 分，那个她正在等待的人早已被抛到了九霄云外。此刻的吴霜霜本能地只想逃离，逃出这幢阴森诡异的老楼，至于要去哪里，并不是首要考虑的问题。

下楼的路畅通无阻，吴霜霜却觉得自己仿佛跑了一辈子。通道里漆黑一片，雷电带来了明暗的交替和斑驳的光影，但这些在吴霜霜看来并不意味着希望，而是更为深沉的恐惧。

终于，她推开了老旧的木门。但迎接她的不是记忆中熟悉的街道，也没有熙来攘

往的人群，施工中的高楼消失不见，也没有了打桩机的轰鸣。取而代之的是眼前一望无际的荒草甸子，还有那更为深邃的黑暗和滂沱的大雨。

跑出灰楼，她来到一块写有“星河疗养院”字样的锈蚀铁门下方。吴霜霜没有迟疑，借着门牌上那道苟延残喘的微光，她看到老楼后面有一片密林。

不知为何，吴霜霜觉得这浓墨一般的山林比疗养院还要安全。铁门开启的刺耳声响被甩在身后，虽然双脚陷进了泥潭里，但吴霜霜从未像此刻一样轻盈，她狂奔起来……她必需跑出这片荒郊野岭，她得报警！

不远处有一条红泥小路，它的尽头一定连着村庄。就在吴霜霜爬上红泥田埂，并庆幸自己能够逃出生天之际，有人从后面扑倒了她。与此同时枪声响起，一颗子弹贴着她的后背擦了过去……

没有人知道·局部

有人想要杀我！这是吴霜霜脑海中闪过的第一个念头。但是，谁又会杀她这个普通得不能再普通的小老百姓？吴霜霜觉得自己快要疯掉了，然而，她委屈害怕地惊叫声却被拢入了一双冰凉的大手里。

“嘘！”男人低沉的声音回荡在耳际，她的心前所未有地镇定了下来——是他救了她。

藏进草丛之后，男人就一直没动，她也不敢动。雨一直下，两个人都湿透了。山风拂过，草叶发出了“沙沙”的声响。吴霜霜听到身后男人那强而有力的心跳，他均匀的呼吸落到了吴霜霜裸露的洁白脖颈处，刹那间，一种虚幻的安全感包围了吴霜霜……但不知为何，她还是没来由地难过起来，苍白的脸上湿漉漉的，分不清哪一行是雨水，哪一行是眼泪。

吴霜霜听到了怪物般的尖啸，但那声音听起来好遥远，被山雨一吹，反而让她觉得事不关己。男人猛地起身，拉着她朝星河疗养院的方向狂奔而去。吴霜霜怕极了那个诡异的房间，但相较之下，疗养院还是沦为了永夜中唯一的“岛”。

白色的鹅卵石成了替死的“鬼”，怪物的子弹终究没能打中吴霜霜。救她的男人拉上了沉重的铁门，锁扣落下的同时，大雨骤停。就在这一刻，他们同时抬头，眺望远方……

吴霜霜的眼前出现了一幅奇景——前一秒还是浑浊的泥泽，后一秒就成了明镜般的湖水。清凉的山风夹杂着雨后泥土的芬芳，吹过宁静的湖面，荡漾起钻石般的荧光。整个山林间回荡着蝉鸣，星星在身边流淌。吴霜霜就像那个偶遇桃花源的时空旅人，迷失在满目的璀璨里……

没有人知道，

终于，她偏头，开始小心翼翼地打量起身边这个高大的男人。

星河照亮了他线条优美的侧脸，雨滴顺着他乌黑的发尖滴落。吴霜霜发现，这是一张很特别的面孔，就东方人而言甚至可以说是有些“奇怪”的，但这种“奇怪”并不意味着丑陋，反而带有一种迷人的异国情调。他宽阔的背因为修长的身体而显得微驼，让整个人看上去有了一种“颓”而不“废”的气质。

吴霜霜瞥见他浓密微卷的黑发下专注而深邃的眼眸，看到他洁净无边框的眼镜被放置在高耸挺拔的鼻梁上。那眼镜被男人不经意地推了推，这一切都似电影里该有的桥段，再完美不过。

吴霜霜盯着这个仿佛从海报里走出来的男人。她被一种迷茫又有些失落的情愫包裹着。在久久地凝视过后，她问眼前的这个男人：“你是谁？”

对于她的困惑，男人并没有表现得很诧异，但他微蹙的眉毛流露出来的，是失落且克制的情绪。

良久，吴霜霜听到了一个低沉而压抑的声音：“我叫越岭岚，是个美术老师。吴霜霜，我找了你很久很久，我必须把你带回去。”

三 顶楼

旧世界的烟火·局部

吴霜霜的询问在越岭岚的意料之中。

当他牵着她在泥沼里狂奔的时候，他就明白——吴霜霜已经把自己忘记。夜风徐徐，两个人都在颤抖，不知是因为冰冷，还是因为这久别的重逢。

在越岭岚简短的陈述过后，是一声长长的叹息。吴霜霜觉得越岭岚就快要抑制不住自己的情绪了，然而事实是——她自己先哭了起来。

没错，越岭岚一定就是她在等待的人，她很抱歉，自己竟然忘记了他的脸、忘记了他的声音。吴霜霜泣不成声，愧疚得不能自已……她伸出手轻抚越岭岚冰冷的脸颊，她在他那比黑夜还要黑的眼睛里反复地寻找，试图重拾往昔的记忆。

“越老师？”吴霜霜的呢喃萦绕在耳际，越岭岚一动不动。只有哭泣声和着蝉鸣。过了良久，他听到女人哽咽的声音：“救救我……”

就是这一句，让越岭岚浑身一震如遭雷击，整颗心都揪在了一起。他想起了两年前那个温暖的金色午后，在紫色花瓣飘落的房间里有一男一女……越岭岚的灵魂在回忆的风口浪尖左摇右晃，刹那间化为齑粉。齑粉在星河里飘荡，无声无息。

星河·局部

于是，越岭岚俯下身，用一种复杂的眼神审视着吴霜霜。

接下来，他开始吻她的脸，吻她的唇，轻咬她的耳垂，继而紧拥起她的身体……

他的大手抚过她的额头，掠过她的眉梢，穿过她的发际，最后握住了她洁白的脖颈……越岭岚在粗暴地索取，吴霜霜则被动地迎合。他听到她绵软的喘息，听到自己喉咙深处发出的呼喊，同时也觉察到了胸中翻滚着的——是此刻无法言说的悲鸣。

一双纠缠的男女，跌进了五楼的浴室。洁净宽大的玻璃窗外，漆黑的夜幕中缀满了硕大的星星。

花洒下有赤裸的爱欲和痛苦的呻吟，焦灼的白色蒸气让来路不明的原始冲动变得有迹可循，两个人相拥而泣，身体的律动却无法停息，晶莹的水珠洒落在肌肤上，看上去好凄美、好迷离……

当吴霜霜回过神时，越岭岚的动作已经变得轻柔缓和。他站在花洒下，仰着头闭着眼睛。吴霜霜用藕白的双手环住他的脖子，耳朵则贴着他的胸膛——那里面没有心跳，只有流水的声音。吴霜霜侧目，看向雾气弥漫的窗玻璃：玻璃中，他们的脸孔已经无从辨认，剩下的只有一对苍白的躯体。

不远处的山谷里正在下着一场流星雨，它们如飞蛾扑火一般，轰轰烈烈又无声无息。吴霜霜看得入了迷，她想，这大概是世界上最哀伤、最美丽的景象了吧。

不知何时，楼下的星河里没有了星星，取而代之的是满天的萤火。水滴滑过眼帘，吴霜霜的瞳孔放大了——她看见，在星河与密林的交界处出现了一抹白色的光，那光里有一只优雅的单峰骆驼，它扬起高傲的头颅，曲起优美的脖颈，正望向五楼这扇暧昧的窗玻璃……

吴霜霜的惊叫声消失在越岭岚新一轮强硬而凶猛的攻势里。她觉得有些疼痛，但更多的是享受与渴望。至于那远去的白色骆驼，在吴霜霜的瞳孔里只留下了一抹惊鸿，连个过客都算不上……

浴

浴·局部

吴霜霜醒来，黑夜还没过去。

越岭岚换上了崭新的病号服。漆黑的雨衣套在外面，依旧笔挺、整洁。他坐在角落的旧沙发里，等待着吴霜霜的苏醒。越岭岚迷人的双眼恢复了理智，它们藏到了那副忧郁的镜片之下，沉睡到深陷的眼窝里。吴霜霜听到他用冷静且充满磁性的声音对她说："吴霜霜，我们不能在这儿待太久，你得回到顶楼，你得醒过来！"

星河疗养院深处传来了异样的震动，吴霜霜置若罔闻。她只是诧异，她不明白越岭岚在说什么。"岭岚，到底发生了什么？难道我是在做梦？"不，在发生了刚才的事之后，她怎么都不愿意相信。他的触感明明是那么真实，甚至连他的余温都还残留在她的身体里。

"不，我们没有在梦里……具体情况我也不太清楚，但真相恐怕比做梦还糟糕。"越岭岚斟酌着自己的语气。

他缓缓起身靠近吴霜霜，然后，拿起床头另一套崭新的病号服，小心翼翼地披到了她的肩膀上。窗外如水的月光透了进来，映亮了吴霜霜完美的胴体。越岭岚偏过头，不再看她。

吴霜霜觉察到越岭岚的异样，顿时感到惊慌又委屈。她双手攥紧胸前的纽扣，骨节都攥得发青："我们不要去顶楼好不好？那个房间里有东西。"吴霜霜不顾裸露的身体，她跳下床，拉住越岭岚冰凉的大手楚楚可怜地问，"到底发生了什么，为什么我记不得你？为什么有人想要杀我？二十九号那晚到底发生了什么事情？"

越岭岚回头，眼睛里溢满了吴霜霜看不懂的情绪。他伸出手抚摸她柔软的长发，镜片里映出的光，随着游移的大手变得阴晴不定。

"到了顶楼，你就会明白一切。但前提是，你必须在那里醒过来。"在星星逐渐隐去的黑夜里，传来了越岭岚轻飘飘的声音。

四 坍塌

吴霜霜还想要追问。突然，走廊的尽头传来了一声怪物般的尖啸，随之而来的是脚下剧烈的颤动。越岭岚在第一时间做出了反应，他拉着吴霜霜夺门而出。

一颗子弹打中了身后的门框，陈旧的木屑分崩离析。紧接着又是一次近距离的开火，越岭岚闷哼一声却没有倒地，他直起身子继而拉着吴霜霜奔向最近的安全通道。

老楼的地基发出了沉闷的轰鸣，星河疗养院绿白相间的水泥墙面裂开了一条条缝，缝隙里溢出斑驳的红色铁锈，锈渍在震动中剥落，化成了无数细白的灰烬。此刻的疗养院就像一座巨大的焚尸炉，走廊的空气里充斥着骨灰的味道。

一连串更高亢的尖啸从身后传来，头顶的声控灯在垂死地喘息。

吴霜霜机械般地转头，这一次她看得真切——那是个有着男人躯体的怪物，长着鹿一样的双脚，喉结处有一道漆黑的切口，下牙以上空无一物，一条残缺的灰白舌头触目惊心地悬挂在裸露的牙床之上。

吴霜霜本来想尖叫，想大喊，她想咒骂，她想告诉这个怪物，他们从来就没有见过，自然也不可能结下冤仇。但当她看清那怪物模样的同时，理智的弦“啪”的一声绷断了。吴霜霜在刹那间魂飞魄散，只留下了一具奔跑中的躯体……

坍塌·局部

星河疗养院像是遭遇了史上最强烈的地震，“隆隆”的响声不绝于耳。安全通道里，向上的路被挤得变了形，越岭岚拉着魂飞魄散的吴霜霜在扭成麻花一样的阶梯上蹒跚前行。

怪物紧随其后，就在楼梯的转角，离两人只有十几米的距离。借着月光，越岭岚也看得清楚——那是一具只有半个脑袋的身体，摇摇欲坠的下颌骨上连着一排白森森的牙齿，鸟爪一样的手里提着一杆粗糙的土铳，黑黢黢的枪口和身体正随着裂开的地面神经质地抖动。

怪物觉察到了越岭岚的目光，他嚎叫着冲了上来，残缺的舌头像破布条一样，在仅剩三分之一的脑袋里甩动。怪物在摇晃中抬手，“砰”的一声，子弹擦过越岭岚的肩头，在贴有“第 18 层”的铁皮楼牌上留下了一片焦黑的洞。

与此同时，一根巨大的钢梁意外断裂了，横空出世一般，不偏不倚地“栽”进地面，砸断了怪物奔向越岭岚的唯一通路。

沉重的钢梁势不可挡。它轰鸣着，像出膛的炮弹击穿了一层又一层脆弱的楼板。它义无反顾地加速、翻滚、跳跃，仿佛永不停息，所过之处一片狼藉……过了很久才传来了它“粉身碎骨”的声音。

就在“炮弹”殒命之际，越岭岚和吴霜霜已经跑出了很远的距离。身后不再有怪物的追赶，向上的楼梯渐渐舒展了“眉头”，道路不再崎岖，整个星河疗养院震动的频率也在锐减，两个人这才得到了片刻喘息。

通往二十九楼的大门近在咫尺，但又似海市蜃楼一般，永远都无法触及。

吴霜霜修长的双腿上布满了触目惊心的划痕，但她似乎早已感觉不到疼痛，依旧机械性地前移。越岭岚握了握她的手，她这才“回光返照”一般朝他挤出微笑，而后开始喃喃自语：“我看到了白色的骆驼，骆驼代表了幸运，我们一定能到的，一定……”

此时此刻，越岭岚已经无力思考，他的心中有只一个使命——把吴霜霜带回到她来的地方。那里也是他此行的目的地。

第二十四楼，绕过一个转角，向上的路却被落石堵死了。星河疗养院的内部空间似乎正在错位，并发生着诡异的重组。无奈之下，越岭岚和吴霜霜只好另谋出路。

他们在老楼若隐若现的“喘息”中不断地寻找，在扭曲裸露的钢筋水泥间艰难地穿行。

整个疗养院里再没有第三个活人，放眼望去尽是空空如也的“水泥盒子”。在应急灯幽绿的光线里，在碎玻璃恍惚的映照中，各类医疗器具的“尸骸”散落遍地，间或出现在墙壁上的红色“×”形符号，让人在失去方向感的同时，心也变得怅然若失起来。

星河疗养院宛如一座巨大的迷宫，吴霜霜再次变成了迷途的风筝，被越岭岚牵引……就这样，不知过了多久，“风筝”停在了一间不起眼的房门口，无论越岭岚怎样拉扯，她都一动不动。

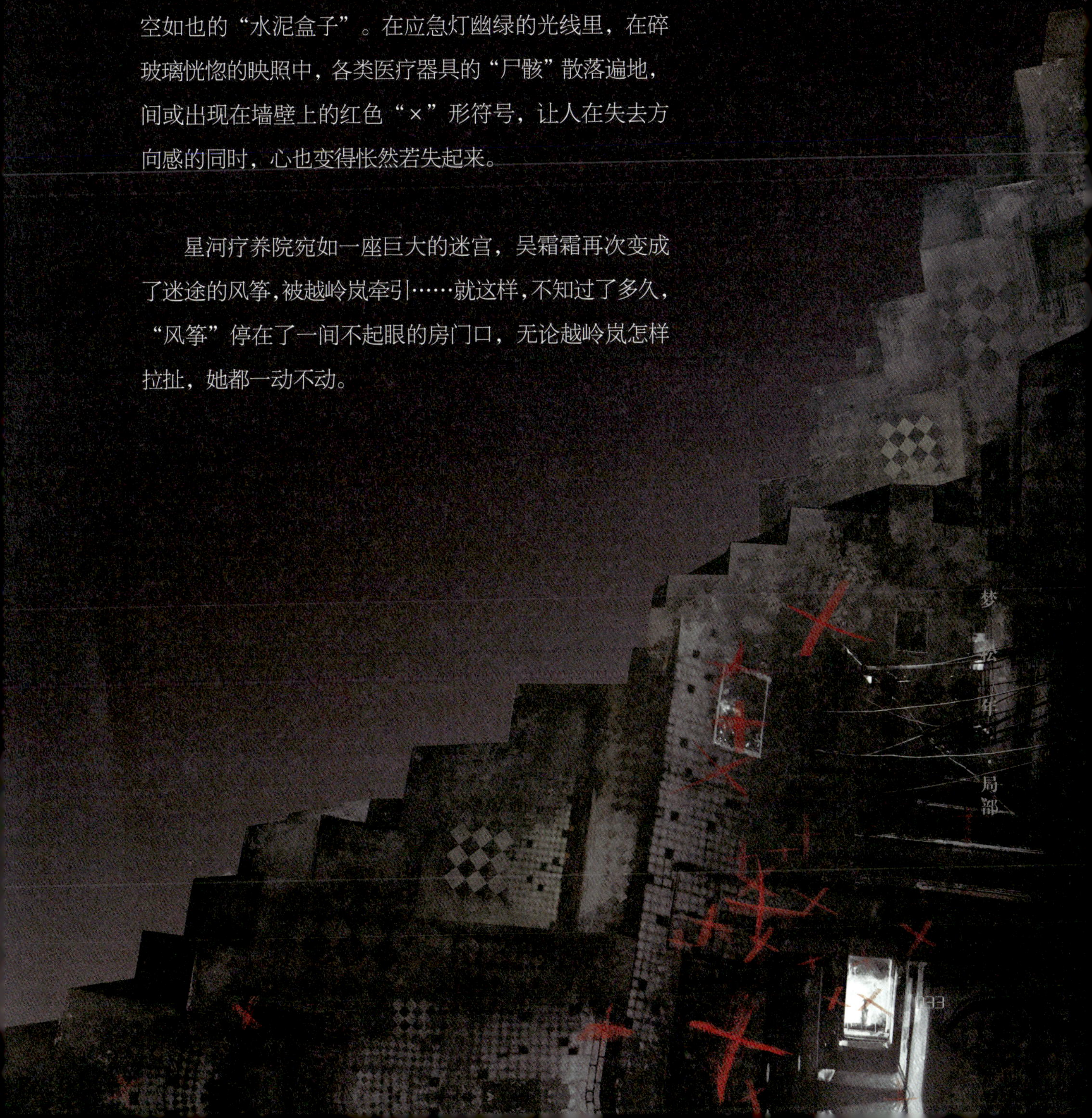

梦松年·局部

在吴霜霜的眼前有一间空旷的美术教室。

一轮夺目的下弦月透进宽大的窗玻璃，老旧、青绿的镜面上一尘不染，月亮看上去像是被刻意镶嵌在教室的中心。

落满灰尘的稿纸高低错落，被粗心人堆放在歪斜的布艺沙发上。角落里躺着一具布满蛛网的骷髅标本，它的怀里抱着许多锈蚀的颜料罐，陈年的颜料淌了出来，绚丽的色彩流进了阴影里。

吴霜霜注意到，在洒满月光的斑驳铁窗下，立着两个很有质感的原木画架。左边的画架上有一幅没有完成的画作，那上面是一张男人的脸。右边的画架前立着一个半身的塑料模特，褪色的下肢与没有成形的画作背对背“站着”，看上去就好像它们此生都未曾谋面……

两行泪顺着脸颊滑落……

吴霜霜感到了一种痛彻心扉的哀伤。然而，这哀伤并不源于自己的心底，而是从一开始就扎根在这个地方，烙印在这间充满了超现实主义的教室里。

只有骆驼知道

吴霜霜就这么怔怔地望着那里，直到银色的月光因为泪水的晕染而将她淹没，直到越岭岚冰凉的大手覆盖在她满是泪痕的脸上。

越岭岚不想让她看，吴霜霜的手却在倔强地拉扯。她想看清这个房间里的每一样东西，她想知道，到底是它们中的“谁”让自己如此黯然神伤，又心绪不宁。

就在这时，越岭岚从身后抱住了她：“走吧。”他发出阴郁而不容置疑的声音。

随后，越岭岚拉扯着“风筝的线”，把她强行带离了那间教室。在越岭岚最后的转身里，有不被人察觉的、最深沉的凝望。

他看到，泛黄的素描纸中，那个男人依旧没有五官。画笔们都还健在，骷髅“老黄”仍然守护着它的颜料罐。越岭岚偏头，米色的旧门廊上有一串熟悉的号码“4403”，这串数字他到死都不会忘。就是这短暂的一眼，越岭岚已经心满意足，他将一切都印在了泛着冷光的镜片里，从此不再表露出任何哽咽的迹象……

第二十九层的楼牌端坐在安全通道的中央。

终于，吴霜霜回到了她来的地方。而越岭岚也与此行的目的地，在一个说不清时间、道不明地点的深夜疗养院中相遇了。

走廊深处有一道暖黄色的光，那光照亮了一扇蓝色的木制大门，门上用红笔写了一个阿拉伯数字“3”。

越岭岚和吴霜霜默默地走向前，好似两个接受到冥冥指引的苦行僧。在整个前行过程中，吴霜霜一直在看越岭岚，但后者始终没有回应她的目光。他只是盯着那扇门，将她的身体推向前方。

男人不高不低的声音飘到了吴霜霜的脑后，落在了她的肩膀上：“有些话必须当面讲，有些事还需当面做。人生就是一场充满仪式感的旅行。我期待着与你真正的相遇。”

五 重启

昼与夜·局部

越岭岚的话音刚落，整个顶楼就发出了“隆隆”巨响，紧跟着就是天崩地裂。他的话就像一段毁灭的咒语，星河疗养院开始了新一轮的坍塌。

二十九楼的走廊瞬间一分为二，地板在越岭岚面前裂开，露出了脚下无数的空房间。在“隆隆”的响声中，在某一处的夹层里，隐约传来了怪物绝望的叫喊。

身体摇晃得厉害，越岭岚再也抓不住吴霜霜的手。

裂缝像一张漆黑的口，正在不断扩大。他只能对她大喊：“快进去！”吴霜霜浑身如拧紧的发条。她转身，朝着 3 号门的方向跑，背影瞬间消失在下坠的瓦砾中。越岭岚听到了关门的声音。与此同时，脚下落空，他从站立的地方开始迅速下沉，坠入一片混沌之中……

混沌的空间里充斥着灰白的迷雾，垂死的走廊灯像是悬挂在遥远天边的萤火虫，它们排列成行，飘飘忽忽。越岭岚左顾右盼，想在下坠中寻找出路。

就在这时，缺失了左小腿的怪物突然从黑暗的虚空中显现。

电光石火间，它扣动扳机。越岭岚看见土铳黢黑的枪口里喷出了猩红的怒火。他感觉自己的胸口像是被烧红的铁锤狠狠地砸中，紧接着整个人向后仰倒，跌入了混沌不明的黑暗之中……

星河疗养院的坍塌再一次停止了。

没有人知道·局部

迷雾消散的时候，怪物才有了下一步动作——它倒提着土铳蹒跚向前，一瘸一拐地踱到了越岭岚下坠的角落。

它逡巡不前，牙床里残缺的舌头在空气中拼命地试探着，它想确定越岭岚到底有没有死透。很久之后，怪物停止了搜寻，双肩如释重负一般垮塌下来，随后从脖颈处的漆黑伤口里挤出了骇人的、如鬼魅般的尖啸。

怪物行将就木的身体在瓦砾堆间徘徊，接着，它竟哭了起来。这哭声里承载了太多的故事，奈何却没有人能够听到。

蓦地，怪物的哭声戛然而止，它的舌头凝固在牙床里。它感到自己的后背传来了一阵剧痛。紧跟着，这剧痛延绵到它的双手、它的胸口、它的脖子，继而攀附到它外露的舌根处。

越岭岚“复活”了，他从后面紧紧地箍住怪物的身子，用一件小巧而尖锐的物体，不断戳刺着这个阴魂不散的家伙。

土铳掉在了地上，怪物用尽最后的力气反手猛扣身后的人，越岭岚的眼镜摔进了瓦砾堆，又被行进中的双脚踩碎，玻璃片的“尸骸”没入了尘土。越岭岚比怪物敏捷，身形也更加高大，他不会让自己失手，也绝不能失手。他疯狂地重复着扎刺的动作，一遍又一遍……

怪物身体中喷出了如沥青一般的黑色液体，它们喷溅到越岭岚那张没有一丝表情的脸上。就这样，直至“沥青”包裹了他的身体，直到怪物的脖颈断裂开，身体向下一分为二……在这整个过程中，没有一个人发出声音。

唯有头顶那一轮明月，它在目睹了这场恐怖的残杀之后，仍然面不改色心不跳。

越岭岚发现自己又回到了地面。

长满枯败曼陀罗的草甸子还在不远处，涓涓细流复归其上。星河疗养院锈蚀的招牌早已和破碎的铁门一起倾倒在枯木中，而那盏苟延残喘的灯却出乎意料地还在苟延残喘。越岭岚的身体里像灌满了铅似的，他挺直了酸胀的背脊，口中呼出郁气。

而后，越岭岚抹了抹脸上那些不知名的黑色液体，捡起掉在地上的土铳，朝着怪物的尸体连开了两枪。“砰、砰”碎屑神经质地散开，飞溅得到处都是。土铳的劣质枪管斜到了一边，子弹还剩最后一粒。

越岭岚靠着断裂的石板。他环顾遍布四周的残骸，意识飘到了很远很远的地方……

由始至终，怪物一共朝他开了六枪，有两枪命中了他，但他的身体却没有受到任何损伤。越岭岚苦笑，他想起吴霜霜最后的呓语，她说她看见了白色的骆驼。这怎么可能！他一直以为自己是在吴霜霜的梦里醒来的，但在反复思量之后，他发现，也许从一开始自己就判断错误。

一阵蝉鸣过后，在疗养院的残垣断壁之上，下起了一场无声的流星雨。越岭岚把头高高地仰起。接下来，他就可以直视整个天空，他要让流星们带着金色的彗尾，落进他空无一物的眼眶里。

此时此刻，吴霜霜应该已经回到了那个房间。而他也准备着迎接一场真正的重逢。坠落的流星引燃了怪物破碎的躯体，同时也照亮了越岭岚苍白的面孔。他望着不远处那正在燃烧的下颚，说了声：“阿甲，你一路好走！”

漆黑的星河疗养院里传出最后的枪声——越岭岚饮弹自尽了。炸膛的火焰与下坠的流星一起飞舞，构成了夜空中最绚丽的烟火。随即，这所有的一切都消失不见，复归于茫茫的虚空。

……

在密林深处有远去的雷鸣，白光过后，越岭岚漆黑的身影再一次置身于荒芜的草甸子中。不远处，星河疗养院依旧在烟雨中飘摇，好似传说中那艘不祥的“太平轮”，搁浅在生与死的交界处。就这样，越岭岚与此行的目的地，在一个说不清时间、道不明地点的雨夜山岭中再次“重构”。

越岭岚起死回生，眼镜也失而复得，又立在了他高高的鼻梁正中。原本那件胸前有破洞的雨衣，还是那么齐整，那么得体。

越岭岚不清楚吴霜霜和阿甲为什么能侵入到他的意识里，这突如其来的变故打乱了他的步调，于是他不得不“杀死”自己，让所有的一切回到正轨，让自己的梦境重启。

星河·局部

狂风裹着冷雨席卷而来，越岭岚毫不犹豫地快步向前，他穿过泥泽，推开铁门，踏进星河疗养院里。从底楼开始，越岭岚一步一个脚印，沿着楼梯向上走。他步履坚定，每走一个台阶，就把想要说的话默念一遍；每转一个弯，他就把要举行的“仪式”在脑海里重演一次……

终于，他回到了二十九楼。身上所剩无几的雨水滴落在蓝色的门框里。一阵电光划过，将黑夜留在身后。

房门打开，清风徐来，越岭岚的眼前出现了一片光明……

六 陈述

镜瓷·局部

这是个有雨的夏日清晨。K 市，凌晨 4 点 47 分。

星河医院二十八楼的值班室里，呼叫器发出了久违的蜂鸣。那个早已被人遗忘的角落——二十九楼的特殊病房里，即将迎来三个月中最为急促的声音。

越岭岚虽然已经料到了即将发生的事，但当他亲眼看见的时候，心中还是不可避免地涌出了悲伤的情绪——他一眼就认出了那个插满管子的身体是自己的，一排排仪器正维持着他的生命。红肿的左手腕上戴着冰凉的手铐，银色链子的彼端铐在冷硬的床头。越岭岚发现自己瘦了很多，整个人就像一条干瘪的带鱼。

他靠近自己的身躯，试图让灵魂回到本体。此刻，越岭岚正在体验着一场离奇的“星体投射”：他的双脚无法着地，身体的接触感也悄然远去。不得不说，这种感觉让他恐惧又充满了对未知的欣喜。

有风拂过，布帘后露出了另一具身体——吴霜霜还是昏迷不醒，脚镣已经箍不住她枯瘦的肢体。她的情况比越岭岚想象的还要严重，曾经美丽的脸庞如今成了枯槁，缠着纱布的脑袋，长出像狗啃过一样的“草”。一旁的呼吸机正不断地向她的肺部输送着氧气。越岭岚径直穿过帷幔，在吴霜霜的床边站定。他心里有一些焦虑，他害怕吴霜霜就这么死去。于是，他坐下来看着她，斟酌着接下来的词句。

大约一分钟后越岭岚开始了他的陈述——他坚信，吴霜霜能够听到他的声音。

“我叫越岭岚，是一个高中美术老师。吴霜霜，我找了你很久，整整两年零一百一十五天。”他推了推鼻梁正中那副洁净无边框的眼镜，然后继续盯着她。

在你看不见的脚落

“事情该从哪里说起呢？其实，我们并不认识……本来也不会认识，但直到我遇见了一个人。”他的指尖不经意地碰触着落满灰尘的被子。

“她是我的学生，是整个美术教研室的希望，她是我的骄傲，也是最明亮的星星。你应该认识她的。你怎么会不记得？”他的声音里藏着哽咽，苍白的大手反复按压着床沿上的皱褶。

在焦虑的时候，越岭岚总试图把扭曲的东西压得平整笔直。

“但二十九号那晚，当我问你还记不记得她时，你把门关上了。这是个错误的‘答案’……吴霜霜，你知不知道，这样的‘回答’令我很失望，也很痛心……你怎么能不记得？”越岭岚站了起来，他的手移到了吴霜霜皮肤松垮的脖颈处。

“我给了你第二次机会。门再次打开的时候，你就应该学会忏悔的，但你还是在不停地避重就轻。我不明白，她的名字明明那么美，为什么在你口中就变得那么的难以启齿？！”越岭岚渐渐的失控了，他那双曾经文质彬彬的眼神里，蹿出了一只“恶鬼”，这只“恶鬼”青面獠牙。他瞪起通红的眼睛，声嘶力竭地质问：“为什么？你怎么还有脸说你不记得？”

猛地，他扑了上去，“恶鬼”般掐住了吴霜霜的脖子，暴力地摇晃着。虽然他的指尖没有任何触感，虽然他的加害对活着的人无济于事。但这个“灵魂出窍”的男人还是在不停地用力，他执拗的指尖向下深抠。他号叫着，徒劳的双手不顾一切地一试再试！

铁床在越岭岚疯狂的推搡下只是出现了轻微地颤动，他悲痛欲绝，歇斯底里：“吴霜霜，她只是想要一个道歉！你这个婊子，你听到了吗？道歉真的有那么难？你他妈的宁愿死也不肯说一句‘对不起’。这就是你们这些渣滓的选择？！”

铁床在哀鸣，吴霜霜麻木的身体摇晃着。越岭岚一巴掌抽在她的脸上，形容枯槁的皮囊里却没有透出一丝愧疚之色。越岭岚忽然又冷静了下来，他装作自己已经恢复了理智。他问吴霜霜：“她叫作镜瓷。这个名字你还记不记得？”吴霜霜依旧没有任何反应……

清晨的第一缕阳光从淡绿的百叶窗中透散，洒落在越岭岚微卷的黑色发梢上，越岭岚没来由地轻笑起来。很可惜，明亮的窗玻璃无法映照出他俊美的身影。笑声在持续了十几秒后戛然而止。

越岭岚叹了一口气，继而缓缓地俯下身体。像是在缅怀什么似的，他的鼻尖从她的下巴处滑过，他的脸紧贴着她的皮肤，他的指尖穿过了她的发梢，他们依偎在一起耳鬓厮磨，听着那窗外小雨淅淅沥沥，看着那云深不知处，山中白鸟行……

泛黄的天花板交散出落寞的光影。蓦地，越岭岚偏头。他盯着吴霜霜紧闭的眼睛，声音回荡在空旷的房间里：“那么，‘阿甲’这个名字，你是否还记得？”他的声音很轻很轻，像一片羽毛，永不落地。

良久，吴霜霜凹陷的眼眶里沁出一滴眼泪。

就在这时，紧闭的蓝色大门被推开了，被之前蜂鸣声引来的一群身穿白大褂的人，风风火火地涌入 3 号房间。他们朝着吴霜霜的床前聚拢，带头的医生说了一句：“马上准备心肺复苏！另外，赶紧通知开发商和相关部门。”语毕，众人分工，开始了抢救。

越岭岚的陈述被迫中断了，他没能看见那滴眼泪，魂魄也被挤出了吴霜霜的“领地”。但他并不因此而气恼，反而闲庭信步地走回了自己的“巢”。

隔着长长的帷幔，越岭岚事不关己高高“坐”起。任由这些人在身边不停地穿梭。

医生在高喊，护士在奔跑，电子设备在嗡鸣，整个房间里充斥着陌生人与碘伏的刺鼻味道。

欲・局部

越岭岚把目光移开，望向窗外的绵绵细雨。

在金色的雨幕中，矗立着一座陌生的城市。此时此刻，有一个更加陌生的魂魄正在与它对视。在这个嘈杂的房间里，在“世界”之外，有一个叫越岭岚的男人，安静地坐在床边，演绎着只属于他的——众人皆醉我独醒。

越岭岚的思绪飘得很远很远，他看见了记忆深处那遥不可及的海市蜃楼……

七

越岭岚

迷失在天空之镜·局部

越岭岚曾经有一段令人艳羡的童年，现如今他成了个孤儿。

然而，这个孤儿并不凄惨，甚至可以说是“幸运”的。因为他的父母是一对伟大的探险家，他们从事与铭文和壁画有关的考古工作。越岭岚从小耳濡目染，眼界也较一般人开阔许多。

父母最后一次的探险与成吉思汗的陵墓有关。他的父亲时常不厌其烦地向他描述那个不朽的传说：

一捧黄沙埋葬了一代天骄成吉思汗，万马踏过的大地下沉睡着无数的宝藏；

墓地的大门紧闭，千年的风沙吹过，就再也没有人能够辨别方向；

终其一生地找寻，终究还是沉入了永恒的迷梦；

唯有那被献祭的白色骆驼，只有它还记得来时的路。

然而，事实证明，再卓越的父母在生与死这件事上也得不到上天的任何眷顾。他们和那座神秘的古墓一样，消失在茫茫的戈壁之中……

越岭岚收到的遗物是一张画有美丽沙漠的明信片和一笔数目可观的财产，而他的监护人则变成了此前从未谋面的一个伯父。

好在越岭岚人生中最为重要的成长时期都有父母的陪伴，这为他的人生观、世界观的形成打下了“坚实的基础”——最终，莫名其妙出现的伯父，和他来的时候一样，“莫名其妙”地消失在越岭岚的人生之中。

越岭岚的父母虽然英年早逝，但他们的余晖依旧庇佑着这个命运多舛的儿子。长大后的越岭岚，再一次托老爸老妈的福，光荣地成了某知名院校附中的一名美术教师。这个低调，但从不奢华的年轻人，当然不是图那一点点微薄的工资。他图的是教研室里的“清净”，图的是象牙塔里相对的“纯真”，当然，还有某种意义上的“自由”。

范画、授课、PPT 演示、校外活动、申报参赛等，这些都是越岭岚的专长，他孜孜不倦，并且乐在其中。

在忙不过来的情况下，他可以出钱，让更“专业的人士”搞定那些“琳琅满目”的总结和报表。越岭岚也欣然接受各科老师经常性的“调课”需求。甚至有一度，美术课沦为了不必要的选修科目。就算如此，越岭岚也一直坚守着他的职责。对他来说，这些都不算什么，课堂里短暂的欢笑让这一切变得很有价值。

最让人难熬的是年级里无关教学的大小会议，还有院长那比女人月经还要准时的“自我表彰汇报演出”。

这些“嘉年华”是必须“普天同庆”的，自然也是不能够缺席的。每每这个时候，越岭岚就会在脸上挂满尴尬又不失礼仪的微笑。而后，他会缩进角落里，找准时机酣然入睡。他因此还练就了一项“绝技”——在睡梦中为年级组长和校领导点赞。

冬日交响·局部

越岭岚这美术老师，一当就是六年。在这六年里，本该属于他的升迁机会被别人牢牢抓住。对此，他表现得很淡然。对于一个隐形的“富二代”来说，这是最起码的涵养，不足为道。值得庆幸的是，他也没有因为开罪小人而惨遭降职。他是公认的内敛、忧郁又好脾气的老师，被画画耽误了的职业模特儿。

在最初的几年里，越岭岚身边充斥着形形色色的爱慕者，其中也不乏狂蜂浪蝶，但他没有和她们中的任何一个有过牵扯。他两点一线，作息规律。上班，下班，一个人看电影，一个人写生，一个人兜风。

终于，关于越岭岚性取向的话题在各个圈子里不胫而走，然而这个流言在两个月后，随着“调戏”他的三个大汉的全体住院，很快画上了休止符。

不出所料，越岭岚“颓”而不“废”的忧郁气质，成功地消解了所有人的兴致。在“幻梦”中清醒的女人们，开始苛责那个她们曾经疯狂迷恋过的、如今依旧神秘的男子。

她们恨他寡淡，怨他不解风情，认定他是“直男癌晚期”，嘲笑他的工作，讥讽他那辆不怎么样，却保养得一尘不染的黑色杂牌皮卡车……对此，越岭岚依旧秉着他高冷又无须辩驳的风格。不久后，女人们的注意力开始转向，她们开始害怕起越岭岚，总觉得他那人畜无害、文质彬彬的外表下，兴许会藏着家暴的倾向。

越岭岚除了是个尽职的同事、尽责的老师，可以随时买单的好哥儿们之外，失去了所有的“颜色”。

没有人真正关心过他的作品。当然，在很早以前越岭岚就已经清楚地意识到，自己就是那种满大街都是——明明很努力，但就是没有天赋也注定不会成功的“美术工作者”。“艺术家”这个称号就像那遥远天边的银河，它是那么的璀璨夺目，却又与他自身的“基调”和整个学校的“气质”八字不合。

越岭岚是一个正常的男人，他会孤独，也会寂寞。

然而，越岭岚却是有精神洁癖的。从一开始他就看清了爱慕者们“画皮”之下的真正面目：与其和这些精通各种把戏的庸脂俗粉，将就地“过”，继而乏味地“活”，他更愿意享受一个人的快乐。

当然，这只是其中的一部分原因，另外一个更为隐秘的初衷，源于越岭岚那不为人知的“灰暗底色”。

凝固在下一秒

局部

八 黑夜的守望者

哽咽 · 局部

29

完美的人，是不存在的。

越岭岚人生中第一抹沉重的基调源自双亲的死亡，这是天灾。而第二道漆黑的底色，则源自那个“横空出世”的伯父，这一次是人祸。

那个闻讯赶来的远方表亲慈眉善目，但他一点都不像自己的父亲，无论是外表还是灵魂深处。伯父无时无刻不在觊觎着侄子手中的遗产。他长期在越岭岚的食物里下毒，控制他，监视他。发展到最后，他就以生病为借口限制侄子的人身自由……

伯父每天都如戏精附体。他专门从值班室打来电话，言辞中尽是故作夸张且不着边际的问候，在外人面前更是不遗余力地演绎着他那极尽做作的“监护人”的角色。二手市场淘换来的旧货，经他的嘴“加持”后，就成了专门为越岭岚精挑细选的舶来品。家中那些莫名“出走”的精美家具，逐渐减少的母亲曾经佩戴的饰物，以及父亲珍藏的琼浆玉液，最后竟然都“飞”到了伯父远在天边却空无一人的家中。

然而，出现在餐桌上的那些廉价的菜品、硬邦邦的边角料、炖烂后加了各种佐料来掩盖气味的荤腥，却无时无刻不在提醒着越岭岚——伯父的表演很不走心！

这个聪慧、敏感的男孩，他其实什么都知道。但他的教养告诉他，无须计较。越岭岚想着，只要咬一咬牙，十八岁马上就到。至于那些有毒的食物，当着伯父的面吃下去，转头再吐出来就好。

但“老实忠厚”的伯父犯了大错。他错就错在，有一天，他把越岭岚母亲留给孩子的——侄子视若珍宝的绝版藏书，当“废纸”给卖掉了。

他把卖“废纸”得来的十几块钱塞进了越岭岚的手里。末了，还语重心长地用他那蝼蚁一样的眼界和上不了台面的认知教育着侄子：“那么大的柜子放这些可惜了。摆些金牛、铜马之类的既招财气，也显洋气。搞艺术没有前途，那个外国的精神病不也是死了才出名的。再说，你那些奖杯能值几个银子？”

“恨铁不成钢”的伯父终究酿成了大错，他浑然不知自己的大限就要来临。

他低估了十四岁孩子的尊严里应该有的沉重。当然，伯父也从不认为小孩子需要尊严那种玩意儿。他一直以为这个不太讲话的小杂种和别的小杂种一样的普通。普通到可以随便忽略他们的感受，侵占他们的所有，等到老了还可以让他们对自己履行养老送终的义务。不过，他是等不到这一天了，因为他每天想的都是：怎么为这个该死的“衰仔”送终？

在一个起风的下午，越岭岚喝完最后一口汤，却没像往常一样上楼。今天的侄子有些健谈，难道是那个致幻的毒药终于发挥了作用？想到此处，伯父的心中一阵欢喜。他听到侄子用有些雀跃的语调邀请他到地下室去。侄子说，为了感谢伯父这两年来的照顾，他雕刻了一幅版画送给他。喜笑颜开的伯父脑子一热，想都没想就走向了那间他平时不屑一顾、幽暗且充满“衰气”的地下室……

自此，“慈眉善目”的伯父和他来的时候一样，莫名其妙地消失在越岭岚的人生之中。

那天，在漆黑的地下室里究竟发生了什么，时至今日，当时的细节越岭岚自己也记不大清楚。因为他没有及时吐出伯父在汤里下的毒。

在脱干净伯父的衣物，把他捆绑起来之后，越岭岚的意识已经开始模糊。最初，这个猥琐的老男人凶相毕露，他挣扎扭动，不停地咒骂、恐吓。他恐吓越岭岚这个“衰仔”，也骂他的父母。然后，他看清地下室曾经的版画间如今被人精心改造了：天花板、墙面、地面，均贴满了厚厚的塑料布，角落里还放着四个大桶。伯父瞬间一改之前蛮横的态度，开始了深度的自我剖析和激烈的自我批斗。当越岭岚在他的大腿动脉和手腕处分别割开了几个十字形的口之后，伯父再一次戏精附体，他一边极尽夸张地涕泪横流，一边和侄子拉家常，演绎着并不存在的亲情，妄图感化眼前这个怪物……

蚀·局部

伯父的卖力“演出”最终失败了。他断断续续的哀鸣声，稀释在刮风的夜里，埋藏在越家古老的大宅中……在整个“仪式”进行的过程里，越岭岚不发一言。他头痛欲裂，一边呕吐，一边不停地用那把制作精良的德国版画刻刀，戳刺着那个“憨厚又老实”的伯父……最终，伯父的“好心肠”和着他的屎尿淌了一地。

越岭岚在漆黑的地下室里，“捍卫”了自己的尊严和“领土”的完整性。而“黑暗”则成了他永远挥之不去的人生底色，同时也是越岭岚“颓”而不“废”气质下，难以言说的秘密。

越岭岚也得到了“血”的教训，他告诫自己，以后绝对不可以再在家里做这样的

拿到身份证的第二天，越岭岚去驾校报了名，一年后，他买了辆二手小面包车。

于是，越岭岚成了黑夜里的“守望者”，开始了他漫无目的的“巡航”。

他利用假期，利用课余，利用打工的间隙，利用一切能利用的时间去寻找“恶”的航迹。但他却很少出手。越岭岚清楚地知道，自己并不是天生的杀人狂，他只是年少时受到了一些刺激，他不以杀人为乐，并自觉这个世界“恶的熵值”已经突破了天际，作为一个小小的凡人，他无能为力，更无计可施。

工作之后，越岭岚把除了上课、吃饭、睡觉以外的大把时间都花到了闲游乱逛里，这也是他自始至终都只是一个“美术工作者”的客观原因。

蚀

到目前为止，死在他刻刀下的“恶臭灵魂”一共有七个。其中有三人都被越岭岚相继制成了骷髅标本，并用树脂胶封存充当美术教具。这些“奇妙”的点子，要归功于父亲当年写的那篇《考古中关于干尸的处理、制作与保存》。

“1号”和“2号”是越岭岚读师范期间，在“夜巡”之际，遇到的两个不知道姓名的劫匪。一开始，由于越岭岚经验不足，导致他们的骸骨相继发黑，越岭岚最终不得不将这对“难兄难弟”抛弃。最成功的一具“作品”，也是目前唯一的一具——“3号老黄”，它的成形简直是“教科书级别”的。越岭岚把它安置在最中意的香樟木柜里，和他的珍藏版颜料待在一起。

其实“老黄”原本不姓黄。越岭岚初次遇到她时，她正在用木棒捶打着已经半昏迷的小孙女。越岭岚由于写生的缘故去了那个偏远的村子四次，每一次他都能看到她在对这个成了留守儿童的小孙女施以各种暴行。最后，这个邪恶的老东西滚下了山崖，死在了化粪池里。越岭岚把她捞了上来后，“老黄”自此“一落成名”。

……

一个护士随手把托盘放到了越岭岚的床边。由于走得太急，盘子不稳，摔向水泥地。瓶子碎裂，噼啪作响。搪瓷盆发出了恼人的声音。

越岭岚被这突如其来的碰撞声惊醒。他梦游一般地站了起来，身体开始在房间里来回游弋。他的思绪脱离了年少时的海市蜃楼，开始专注于目前最应该回忆的事情。

九
镜瓷
没有你的路

镜瓷与越岭岚的故事发生在他从业生涯的第四个年头，新学期开始的第二个星期。

那天，越岭岚本没有课，但他心里装着“老黄”的事情，就一个人去了教研室。在路过“4403”的时候，他听到自习室里传来了刺耳的粉笔摩擦黑板的声音。越岭岚一向谨慎，知道今天不是制作“老黄”的好时机。他转身欲走，但好奇心却鬼使神差地拖住了他的脚步，催促他推开虚掩的房门一窥究竟……

一幅震撼人心的画作撞进了越岭岚的眼睛。“4403”里，占了一整面墙的黑板上“爬”满了动物：猫儿、狗儿、大象、兔子、鲸鱼、飞鸟、老虎、水獭、穿山甲和海狸……还有很多只有在想象中才会出现的变异体。这些可爱的动物大大小小、层层叠叠，它们软绵绵、胖乎乎的身体挤在一起，大睁的眼睛不约而同地朝一个方向张望着。整个画面构图拥挤，但又感觉是那么“透气”，让越岭岚的双脚仿佛焊死在原地。这幅作品有着奇特的魔力，虽然只是由简单的黑白线条构成，却营造着一种夺目的绚丽。

越岭岚想认识这幅画的作者，他把身体前倾，眼睛往“4403”的深处探寻。他看见了一个瘦小的短发女孩穿着宽大的新生校服在黑板前“飞舞”，指尖画过的地方皆化为了神奇。越岭岚深邃的眼眸中满是赞许。他看到她下笔果断，收笔时也没有犹豫，每根线条都恰到好处，再添一笔都是多余。更重要的是，她画得很快，粉笔与黑板密集地接触，发出了毫不拘泥的声音。越岭岚觉得她不像是在画画，而更像是在玩耍。如此自然而随意的心态，让越老师望尘莫及。

画画的人进入了忘我的境界，与她笔下俏皮的动物融为了一体。而看画的人则陷入了痴迷：越岭岚第一次真切地嗅到了“天赋”的味道。然而这份奇妙的淡雅和动人的纯净，却不属于他自己。越岭岚没有遗憾，也并不艳羡。今天的所见，让他心悦诚服，又五体投地。

伊奥尼亚·局部

女孩在最后的空白处补上了一只狸花猫。她照着它的样子伸了伸懒腰，然后扭动着身体学了一声猫叫。越岭岚垂下眼帘，轻轻地掩门而去……

这就是一切的开始。寂静、纯粹又炙热。

后来，越岭岚用相机把整块黑板拍了下来。过了很久，他才不得不批准学生们把黑板擦洗干净。“4403”里的短发女孩成了越岭岚梦中的常客。三个月后，这个叫作镜瓷的女孩加入了“美术特长小组”，准备向后年的艺考冲刺。

镜瓷的每一幅画作，都让越岭岚充满期待和欣喜。很快，她就从特长班一众新星里脱颖而出，成了美术教研室中最耀眼的那颗。不久后，这颗“星星”也为学校争得了第一座国家级的艺术奖杯。只有三名讲师的寒酸美术教研室，终于拨云见日，得以扬眉吐气。两位老领导开始主动和旁人打招呼，走路的时候头也仰得略高了。

镜瓷是一个很有想法的孩子，更加难得的是，她还有着恬淡的性格。她对名誉并

不执着，人缘不错。同学们喊她“丑妹”，她也不恼，但老主任也跟着这么叫。

越岭岚很反感主任一副为老不尊的样子，但他也是能够理解的——那是一种名为“落差”的情绪在心中作祟的缘故。老主任重视镜瓷的各项成就，但对她的作品却怎么都无法认同，也欣赏不了。其实，越岭岚并不认为镜瓷丑，反而觉得她很美，因为她的骨相生得特别好。镜瓷不过是瘦了些、小了些，有点营养不良罢了。但越岭岚敢断言：终有一天她会蜕变，成为一只耀眼的鹤。

镜瓷和越岭岚的交流并不多，甚至可以说很少。他们的对话仅限于作业点评，而且每次都是点到为止。

越岭岚从未向她提起他与她的第一次相遇，也没有告诉她，他把黑板上的那些小动物们装进了自己的相机里，继而变成了客厅的大幅装饰画。他更不可能让镜瓷知道，自己正在为她申请罗德岛和帕森斯这两所设计学院的留学名额。这就是越岭岚，他一直在用他特有的方式守护着镜瓷。

没在你的路·局部

越岭岚从不掩饰自己对镜瓷的关注，对她也没有任何龌龊的想法。他与镜瓷之间更是不可能存在浑浊、油腻的“爱情”。之所以敢这么讲，倒不是因为越老师有多么高尚的情操，而是他对未成熟且发育不良的少女从来都没有提起过任何的“性”趣。

越岭岚信仰的，是纯粹的“天赋”。

在真正的才华面前，荷尔蒙的作用和“下半身的思考”就显得微不足道了。重要的是，他将见证一颗新星的冉冉升起：当她飞向高空，尽情燃烧她的才华时，“守望者”就能观测到一种令人欣喜的“釉变”过程。这个过程可以视作越岭岚在汲取自己所不具备的“养料”。因此，它更像是一场复杂的化学反应，绝非“欣慰”二字能够诠释得了。

他们之间最后一次，也是唯一的一次长谈，是中秋节的第二天傍晚——一年间月亮最圆的时候。因为挑选参赛作品的事宜，越岭岚约镜瓷，让她晚自习后来美术教研

室一趟。这天，越岭岚早早地等在“4403”，他没吃晚饭，从下午五点一直等到晚上八点半。他听着随身听，静静地坐在歪斜的布艺沙发里，等着窗外日落月明，望着画架上那一幅即将完成的、无与伦比的作品。

越岭岚的眼前有一幅奇景——在密林与湖泊的交界处，有一只白色的单峰骆驼。它矗立在曼陀罗盛开的彼岸，身体在黑夜中散发出洁白的光。湖心深处沉睡着一轮金色的明月，饱满的星星在水波间流转。乌云从天边缓缓飘过，幽深的山谷里正在下着一场流星雨……

越岭岚一遍又一遍地欣赏着，他赞叹、惊喜又充满了深深的焦虑。

他不愿意镜瓷选择这幅作品参赛，先不说内容是否切题，单是他清楚的某些评委的水平——有极个别的同志创造力匮乏，想象力早已被声色犬马所侵蚀，他们贫瘠的大脑感受不到这样纯粹的作品。

镜瓷来到的时候，“4403”里一片漆黑。她没有开灯，因为她看见越老师靠在洒满月光的沙发里。

女孩轻轻地走过去，和他并排坐在一起。越岭岚没有和她打招呼，他在听一首不知名的新世纪钢琴曲。过了很久他问她：“你是怎么想到要创作这样一幅作品？”

“这是一个奇怪的梦。时间大概是在我入学的第二个星期。在梦中，我和那只白色的骆驼就像久别重逢的老友，我和它对望，相视一笑，就什么都懂了。我很好奇自己为什么会做这样的梦，也很高兴它能出现在我的梦里……以前，我听过一个传说——在沙漠里迷路的人，只要看到白色的骆驼，就一定能找到回家的路。骆驼受神的眷顾，而白色代表了幸运……”镜瓷的瞳孔里荡漾出奇异的光，越岭岚看见它们涌向自己：“越老师，给我一些时间，它一定会变得更好。”镜瓷恬静的声音飘进了越岭岚的耳朵里。

他笑了，他觉得好开心。

越岭岚摘下了耳机，放到了镜瓷的耳际。琴曲悠扬，如泉水一般流淌而出。于是，在点点的星光下，在斑驳的月光里，越岭岚开始低吟：“一捧黄沙埋葬了一代天骄成吉思汗，万马踏过的大地下沉睡着无数的宝藏；墓地的大门紧闭，千年的风沙吹过，就再也没有人能够辨别方向；终其一生地找寻，终究还是沉入了永恒的迷梦，唯有那被献祭的白色骆驼，只有它还记得来时的路。”

她笑了，她笑得好开心。

之后，越岭岚问她，参赛的事是如何打算的，她俏皮地吐了吐舌头，说她还没有想好。

孤寂的骆驼

越岭岚送镜瓷回家时，她微醉的父亲已经在楼下等了很久。返回的路上，越岭岚收到了一条消息：“越老师，这幅白色的骆驼是为你而画的。”

那天晚上，这个短发女孩又出现在越岭岚的梦里……

没有你的路·局部

十 老师，我爱你

哽咽·局部

吴霜霜的心率监测仪上出现了不规则的波动，它们搅乱了越岭岚久远的思绪。曾几何时，他的心脏也经历过这样的骤停，每每想起，越岭岚的心就会揪在一起。

此时此地，如果不是为了唤醒吴霜霜，他永远也不会去触碰这件事情……

那晚之后，镜瓷就再也没来过美术教研室。听老主任说，她的父亲替她请了两个月的病假。于是，那只白色的骆驼，就一直被“困在”4403 号教室里。

越岭岚一有空，就会去“4403”坐一坐，什么都不干，只为了让大脑放空。他记得，那是一个有着金色阳光的午后：那天，他的心情特别的好，因为他收到了“帕森斯”的来信，这意味着他们离“罗德岛”的路不会太远了。

越老师靠在温暖的蓝色条纹布艺沙发里，听着耳机中传来的遥远又悠扬的声音。他摘下眼镜，虚起眼睛看着他用薄纱盖住的，那幅即将完成的，且必定精美绝伦的作品。

窗外，那些开满淡紫色花朵的古树，在有香气的微风中缓缓凋零，在最后的秋日交响里，发出了海浪一般的声音……

越岭岚在明媚的汪洋中安然入睡，他做了一个梦。

梦中，他走进了那幅画里，置身于密林与湖泊的交界处。身后是无垠的树海，脚下是一片红色的泥泞，头顶有风的呢喃，远处翻滚着厚厚的雨云。淡黄的星星划过脚面，缓缓地流向蔚蓝的湖心。越岭岚捞起一片赭石色的树叶，用手捏了捏，发现那竟是没有干透的颜料，散发着松节油特有的气息。

哭泣的骆驼·局部

越岭岚笑了，他笑得好开心。他知道，镜瓷已经完成了她的作品。目力所及的一切，比想象中的还要完美，越岭岚拜服在这由“天赋”构筑的幻境里。

此时此刻，梦中的山谷里下起了无声的流星雨……不知何时，短发的女孩出现了：镜瓷坐在那只高高的白色骆驼上，他们一起伫立在明月沉睡的湖心。骆驼仰着它高傲的头颅，而镜瓷却低垂着她美丽的脖颈，如丝的黑发遮住了她的眼睛。

越岭岚看到，有一滴泪顺着她白瓷般的脸庞落进了湖心里。接着，如镜的湖面泛起了涟漪。涟漪一圈一圈地摆荡开来，它们似在推搡着越岭岚，又仿佛在亲吻他的身体。就这样，他们默默地对望，一眼千年。直到越岭岚被一种莫名的感动吞噬了，直到他开始在梦里号啕大哭，没来由的心如刀绞，继而难过到无法自已……

越岭岚在“4403”里惊醒，眼泪流得到处都是。

房门紧闭，整个教室淹没在落日的余晖之中。不知何时，镜瓷出现在教室里，她在越岭岚熟睡之际，完成了他们之间的约定。薄纱飘落在灰色的水泥地上，白色的骆驼以饱满的“姿态”最终成形。镜瓷端坐在离他不远也不近的地方。她用清澈的眼睛凝望着越岭岚，好像她从没有离开过“4403”，一直都在这里。

越岭岚揉着脸坐起来，他有些窘迫地戴上眼镜，把忧郁的双眸藏进深陷的眼窝里。他发现镜瓷瘦了很多，憔悴的脸上浮现出自己看不懂的情绪。

越岭岚想告诉她，再次见到你，我很高兴。但说出来的却是：“身体好些了吗？都一个月了，怎么也不回个消息？”

哭泣的骆驼

镜瓷还是沉默不语。

良久，她终于站了起来……然后，她开始脱衣服。

围巾、外套、连衣裙，跟着是崭新的内裤，最后，镜瓷解开了她雪白的内衣……窗外弥漫着柔和的光线，室内摆荡着朦胧的甜腻。恍惚间，越岭岚忆起了刚才那个悲伤的梦，它和眼前纯美的画面交叠在一起，夺目、久远、暧昧又尴尬。

发卡滑落，青丝散开，在那枚不起眼的人造物坠地之前，镜瓷开始哭泣。少女的自尊已然决堤，做老师的却无能为力。

接着，越岭岚听到了那个断断续续的声音：“越老师，我爱你……越老师，我爱你……”

遺言

蓦地，越岭岚终于清醒，他从沙发里弹坐起来，又石化在原地。冷汗顺着脊背淌到了脚底，他整个人几乎断了气：不，不应该是这样，镜瓷误会了。自己从未对她产生过任何龌龊的想法，他们之间也绝不可能存在 “爱情” 这种浑浊、油腻的东西！这是天赋的“荒冢”，艺术的“墓地”！

身经百战的“守望者”全身发麻。此刻，他恐惧得唇干舌燥，他觉得自己的魂魄正在燃烧，而这股烈焰终将破壳而出，吞噬他冰凉的躯体。越岭岚就那样杵在原地，脸色如霜打的茄子一般，在灰白和暗淡之中逐渐变得僵硬。他垂下头，双拳紧握，刻意回避眼前那具发着光的胴体。

镜瓷怔住，她本以为自己空空如也的皮囊里，早已没有了魂灵，更谈不上羞耻心。但她滚烫绯红的双颊，却因为越岭岚刚才的举动而附上了一层薄冰。镜瓷一个激灵，

心底传来了刺痛。原来，她还活着。想到此处，她泣不成声……但这个女孩从踏进“4403”的那一刻起，就决定将一切都舍弃。她赤裸着身体，浑身颤抖掩面而立。她的头垂得很低很低，口中重复着倔强的哀鸣：“越老师，我爱你……我真的爱你！”

大颗大颗的泪珠穿过指缝砸进了地面，击打着越岭岚的心，发出了振聋发聩的声音。越岭岚崩溃了。

他猛地走了过去，抓起掉在地上的薄纱，粗暴地挡住了那副娇小的身体，然后，他脱下自己的外套披在她身上。接着，他又找来桌布，将她颤抖的身体一圈又一圈地裹紧。

越岭岚的心在尖叫：“不可以这样！该看你身体的人不在这间教室里！”

越老师无法让自己停下来，他扯下遮盖静物的亚麻布，撕下泛白的窗帘……他把能找到的，教室里所有能用作遮挡的物品全都翻了出来。然后，他把它们尽数包裹在了镜瓷裸露的身体上，并把女孩“绑”在他宽大的怀抱里……

镜瓷一直在哭泣，她不停地挣扎着，这些“遮羞布”让女孩的心困窘得歇斯底里。她将满是瘀青的双手滑了出来，像一个快要溺死的人，奋力地攀附着越岭岚的身体。“越老师，我爱你……”镜瓷还在不停地喘息，因为哭得太用力，她开始剧烈地咳嗽，继而变成干呕。到最后，她已经无法说出完整的句子，整个人处在一种痉挛的状态里。

越岭岚的大脑一片空白。此时此刻，他能做，且唯一能做的就是紧紧地抱住她，永远、永远地持续下去……

他的头贴着她的脸，有两行泪滑了下来。彼此的黑发纠缠在一起，越岭岚就这么从身后拥着她，坚实的大手轻拍着女孩瑟瑟发抖的身体，宽阔的脊背弓成了一个弯弯的弧形。

“守望者”的心好痛苦。他不明白为什么“她爱他”这件事，让她变得举止怪异又魂不附体。“守望者”可以“惩罚”罪恶的灵魂，但唯独对“爱”这件事，怎么都搞不定。

夕阳的余晖透过山黛挤进了窗玻璃，这刺眼的光线把美术教室切成了一片片破碎的分形。在缺失了窗帘，有淡紫色花瓣飘落的“4403”里，伫立着一男一女。他们之间隔着白色的窗帘。一切都仿佛凝固在时间的河流之中，与画里的世界融为了一体。花瓣散落在彼此身上，勾勒出两个残缺的影。

镜瓷瘦削的脊背抵住越岭岚的胸口，空气里有一种晦涩又炽烈的哀伤灼烧着越岭岚的心。女孩柔软的手覆在越岭岚修长的指尖上。她发现，越老师的身体非常冰冷。而且，他也在颤抖，抖得不亚于自己。

于是，她紧紧地攥住了那双大手，在天黑的刹那，“4403”陷入了最深的孤寂。

遗言·局部

像是下定了决心一般，镜瓷呼出一口气。

越岭岚听到她沙哑、悲凉、无助又几近哀求的声音：“越老师，如果我爱你，你可不可以帮我杀掉我恨的人？把他们变成标本，让他们消失？”

越岭岚方才如梦初醒。原来，镜瓷什么都知道。

她是何时窥探到了香樟木柜里的秘密，越岭岚已经无从知晓，也无力问询。他不怒也不恼。此刻，“守望者”的心很矛盾，他只想逃。

越岭岚深深地叹了一口气，他垂下环住她的双手，头也不回地掩门而去。留下镜瓷一个人伫立在黑暗的空无一人的“4403”里。

十一 只有骆驼知道（上）

遗言·局部

镜瓷

曾几何时，越岭岚的脑海中也浮现过类似的场景。只不过，它们此前一直栖息在他想象的黑暗宫殿里。如今，却在现实中显了灵。

越岭岚的眼前出现了一幅奇怪的画面——海天一线的交界处，飘浮着一只洁白的精灵。她没有一丝表情，跳出六道，也不在五行；她没有重量，存在于不存在的空间里。越岭岚抬头，仰望着这幅奇景，好似心脏骤停，同时也丢失了呼吸……

当晚，镜瓷在校游泳馆内自杀了。

她挂在镶嵌着蓝、白马赛克瓷砖的浴室里。走的时候镜瓷一丝不挂，干干净净。越岭岚在凌晨得知噩耗。赶到时，镜瓷的身体早已僵硬。这是她最后一件“作品”，在这场“行为艺术”里不仅有绝望的“呐喊”，还有超越现实的“绮丽”。

清冷的游泳馆内回荡着保安心理防线全面崩塌的声音，救护车带走了女孩的身体，而闪烁的警灯则引领着她的“魂灵”。它们飘然远去，消失在夜雾里。

越岭岚转身上楼，他把自己锁在了教室里，抱着镜瓷送给他的，还没来得及命名的作品昏睡了一天一夜。这次，越岭岚真真正正地“死”在了“4403”里。

第三天的下午，在香樟木柜里，“老黄”的旁边，装随身听的布袋之上，越岭岚发现了一个信封。信里面有镜瓷的字迹。

信开头的第一句是：“越老师，救救我！”

越岭岚拿信的手在不停地颤抖，他的五官被信件中的内容勒得变了形。

在这长长的诀别里，充满了女孩绝望、无助、羞愤、恐惧和压抑的情绪。这一刻，他仿佛看到镜瓷站在没有出口的漆黑隧道里，向前是深渊，向后是地狱。他仿佛亲耳听到了镜瓷被丢弃在坟墓里的声音——女孩喊破了喉咙，遍体鳞伤、四处碰壁，而仅仅一墙之隔的自己却给不出任何回应……

欲·局部

中秋节过后，越岭岚送她回家的那天晚上，镜瓷遭到了养父的性侵。

她想要报警，养父殴打她，并将她囚禁。连续两个多星期，镜瓷都被锁在漆黑、狭窄的厕所里。在对镜瓷多次猥亵的过程中，养父一直在威逼利诱，并且不厌其烦地向她灌输：女人的“名誉”与“服从”之间的天然关系。

独栋的灰楼里本来就没有多少住户，仅养父名下的房产就租出去三套。房客们没有因为些许异常的叫喊，就萌发恻隐之心。一墙之隔就是嘈杂的城中村，镜瓷的叫喊声最终消失在一排排没有人情味的钢筋混凝土里……

麻木不仁的姐姐自始至终都知道一切，但除了给镜瓷送饭之外，她对妹妹的遭遇置之不理。镜瓷求她开门，求她把手机拿给自己，求她报警，并说服她不要听从养父的花言巧语和浑蛋逻辑。

镜瓷告诉姐姐，她们生而高贵，“女人”二字并非历来就有，而是一个后天的“塑造品”。她们应当，也有能力与这世界上的一切罪恶抗争到底！但直到最后，那个冷漠、愚蠢又肤浅的姐姐，宁愿选择逃跑也不愿意救出自己。

在被囚禁的第十七天后，镜瓷放弃了抵抗，只是为了能逃出去。她不再呼喊，表示自己已经接受了养父灌输给她们的那套浑蛋逻辑。养父见她并没有报警的意思，于是批准她离开了黑暗、冰冷的厕所，但软禁依旧在持续。值得庆幸的是，“备受宠爱”的姐姐在此期间离家出走了。养父整天心神不宁，他早出晚归地寻找姐姐，也就疏于了对镜瓷的“管理”。

终于，锈蚀的防盗笼给了镜瓷一线生机。她弄断了铁条，整理了仪容，并给自己换上了干净的新衣，临走时带上了准备好的长信。然后，女孩顺着通往“自由”的老旧管道，走向了最后的“毁灭”之路……

当镜瓷空洞的意识回到身体，她已经站在了美术教研室位于四楼的走廊里。女孩并不惊讶自己的选择，因为那是遵从了本心。

现在报警对她来说已经没有任何意义了。镜瓷了解自己——她有着桀骜的灵魂和精神上的洁癖。任何来自正常世界的惩罚都不可能消除她心底弥漫的阴影，即便她当下选择了妥协，在今后的余生中，她也将永远愧对自己那颗高傲的心。

当镜瓷和越老师在“4403”重逢的时候，她一点也不惊讶，因为那是在意料当中的——他们之间有一种超越了本能的默契。

镜瓷轻轻地走过去。这是她第一次那么专注、决绝又充满敬意地碰触着另一个人的身体。

越老师睡得好惬意，他一定做了美梦，遗憾的是她没办法和他一起走下去。因为她“完了”，她已经从象牙塔中惊醒，丧失了“做梦”的权利。如果可以许愿的话，她希望越老师永远都不会苏醒。这样，他就不会看到她接下来要对他做的事，继而听到那些违背她本心，又充满了“肮脏企图”的声音。

镜瓷知道，自己不仅要带着对这个世界深深的怨恨赴死，还要用自我毁灭的方式胁迫她最敬爱的老师，说出他的“秘密”——让他不得不“重操旧业”，进而帮自己完成身后的事情。

4 4 0 3

但在此之前，在她还没有成为自己最厌恶的人之前，在那个本质上还是个“纯净的大男孩”醒过来之前，她还可以做一件事，一件称之为“生命中最后一丝善意”的事情——她要完成他们之间的约定，让那只白色的骆驼永远“活”下去……

哽
咽
29

越岭岚打开了尘封已久的地下室，在飘满尘埃的旧地中央点了一把火，火焰里有“帕森斯”的来信，有镜瓷的“诀别”，还有那幅无与伦比的作品。

灰烬冷却的同时，“守望者”在地狱的另一头听见了女孩的声音：“越老师，如果我爱你，你可不可以帮我杀掉我恨的人，让他们消失？”

这句话烙印在越岭岚的脑际。在这间漆黑的地下室里，在“守望者”寂静的领地之中，复仇的种子即将长出“恶”的果实……

在驱车前往镜瓷养父的“藏身之地”时，越岭岚不住地回想着过往。

他感谢镜瓷，他很高兴她的心其实和自己一样，始终都没有“过界”。他们守住了“纯洁”与“无私”这两个词的字面意思。镜瓷那日在教室里的呼喊无关情欲，那是对“生”的留恋和对“芳华”的哀思。令人扼腕顿足的是，他竟然没有听出她一声声“我爱你”之下，隐藏着的那些让人不寒而栗的心思。

“其实镜瓷，你大可不必用这样的方式。这太叫人惋惜，也太不值得。等你长大后就会明白，这个世界如果单凭‘气节’活着，那你还会‘杀死’自己一千次、一万次。但是我不怪你，因为你只是个孩子。‘隐忍’是成年人才会有的‘病’，‘死亡’不过是最廉价的‘痛’罢了……我只是想说，你大可不必这个样子，真的。在‘守望者’面前，你甚至连‘救命’这个词都不必说出口，你只需要看着我的眼睛，然后告诉我他们的名字……”

前方的路变得一片模糊，越岭岚的双手把方向盘紧握。他不停地自言自语，这是给爱徒的安慰，同时也让自己解脱。

从此高山无流水，知音终究两相隔。越岭岚一边开车一边泪流，早已死透的车主默默地横躺在后排座椅之下。昏黄的远光灯撕开了复仇之路，他们的身体在颠簸且无人问津的乡村公路上左右摇晃着。

越岭岚不费吹灰之力就找到了镜瓷的养父——他就藏匿在人迹罕至且几近废弃的磷矿家属楼中。

越岭岚这次没有心情文质彬彬地敲门，而是暴戾地直接闯入。从“老黄”家中缴获的那杆自制土铳，发挥了决定性的作用。那个管不住自己下半身的“坏种”，隔着门板就被轰出了好多窟窿。养父厚厚的脂肪起到了缓冲作用，他躺在地上没有当场死去，这正是越岭岚想要的效果。他当然不会便宜了这个从成年女性身上得不到肯定，又转而找孩子下手的猥琐“蛆虫”。

“守望者”有条不紊地进行着他的“仪式”，他走上前，一锤就砸中了养父的命根子，然后把他绑在了事先准备好的，有塑料布垫底的红色椅子上。

哽咽·局部

接着，越岭岚拿出了红色的记号笔，像批改作业一般，在养父脸上不断地画着“×”。终于，在那张“错误百出”的厚脸皮已经被批改得无处下笔之际，“守望者”拿出了平板电脑，越岭岚提起养父沉重的头颅，强迫他一遍又一遍地看关于未成年人保护的普法教育视频……

之后，越岭岚将休克的养父和已经发臭的车主捆作一团。他们背靠着背，和身下那把红色的椅子纠缠在一起。两人被越岭岚丢弃在报废的隧道深处。“守望者”可以向镜瓷保证，她的养父在断气之前，一直都会处在最深的恐惧和绝望里。这样的“死亡”比直接要了他的命，更加让他铭心刻骨。

“守望者”在漆黑的隧道里撒下了种子：如果一切顺利的话，他将在不久之后收获两个新的“玩具”。这座“坟墓”里不会有牌位，因为“守望者”的刻刀从不出纰漏：今日的主角是一个残害儿童的猥琐“蛆虫”，至于车主的黑历史，不值一提。

越岭岚发动了车子，引擎在坑洼的路面上哼出一首乡村小夜曲。

远光灯驱散了清晨的雾，迎来了破晓的啼鸣。下一个“祭品”就是那个他素未谋面的“姐姐”，她躲藏在芸芸众生里，有着“吴霜霜”这个人畜无害的姓名。

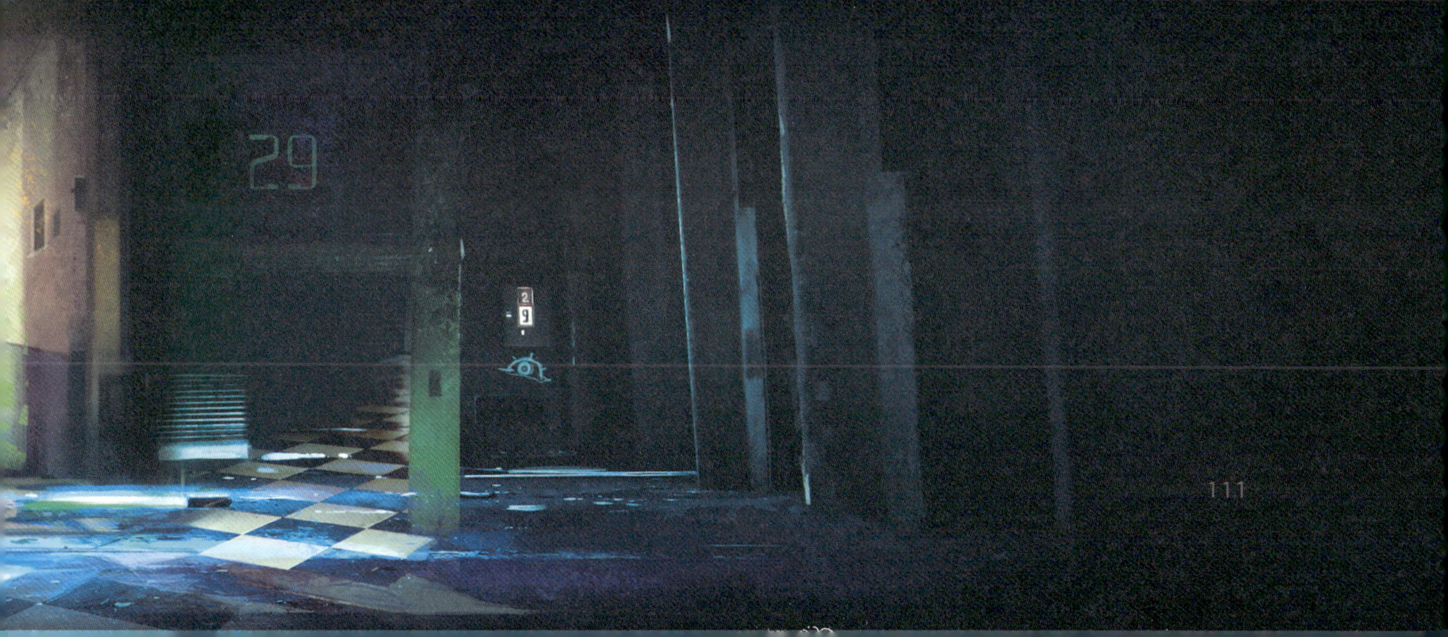

十二 只有骆驼知道（下）

陈述

仲夏夜与光年·局部
Studio Forest.

吴霜霜和吴镜瓷本无血缘关系，但这两姐妹的人生却先后和一个叫作吴明的男人牵扯在了一起。这个人就是他们的养父——一个衣食无忧的牙医，一个微胖的中年秃顶，一个无法与成年女性正常沟通的、可耻的“蛆虫”。

吴明拥有一间小诊所，他在收养吴霜霜之后又领养了吴镜瓷。吴明并不是镜瓷的第一任养父。由于第一任养父的经常性缺席，养母跟着别人跑了，镜瓷只能重返救助所，并在那里遇到了此生的劫难——牙医吴明。

这个不起眼的中年男人经常到救助站里帮忙打理各项事宜，看上去不仅“慈眉善目”而且“憨态可掬”。因此，镜瓷来到新家的时候内心满是憧憬。但她做梦都没有想到，这个表面温馨、祥和的家庭，内里却潜藏着扭曲的底色和注定摆脱不了的恐怖阴影。从镜瓷被收养的那一天起，离她生命的终点，只相隔了不到四年的时间……

深夜，越岭岚再次抵达独栋的灰楼。他厚实笔挺的冲锋衣与漆黑的夜紧紧地交融在一起。他抬头，牙医吴明罪恶的巢穴就在不远处……

有人来过，就在不久之前。“守望者”立在房门口，低垂的冲锋帽下满脸的阴郁。越岭岚凝视着躺在角落里的“记号”——那是一张不起眼的小纸条。吴霜霜不在她的出租屋里。没想到她真的回来了，而且那么快，又那么巧。

昼与夜·局部

纸片还没有干透。越岭岚猛地转身，拔腿就跑。

几乎在同一秒，四楼的转角处，一个头戴深色棒球帽，手中提着两捆“燃烧弹”的男人迎面而来。来人一见越岭岚，手中就迅速发力，一捆被点燃的高度白酒瓶在空中划出了优美的线条，炽热的“火球”朝着越岭岚砸了过来。这一切发生得太快，走廊里又十分狭窄，越岭岚躲闪不及，只有本能地护头、转身，弓起背脊，硬生生地扛下了这一击。闷响传出，酒瓶爆裂，蓝色的火焰在越岭岚的脊背上蹿出老高。与此同时，第二捆“燃烧弹”接踵而至，醇香的液体与越岭岚擦肩而过，直奔他身后的漆黑而去，撞进了吴明罪恶的巢穴之中。

防盗笼和老旧的木门并没有穿着特制的冲锋衣，自然也不可能像越岭岚那般幸运。它们瞬间就被引燃，连同整个屋子陷入了一片火海里。

越岭岚在被击中的同时，就将整个背部抵近了墙面，他一边压灭身上的火一边快速前移。映着火光的镜片在四处搜寻，然而“棒球帽”早已消失在通道里。两个男人都没有看清彼此，不过，“守望者”追赶的脚步却没有停歇的意思。他将刻刀紧握在手里，不管这个人是谁，今天晚上都必须死。

越岭岚冲出一楼，对街拐角处露出了“棒球帽”的影子。他想都没想就追了出去，在长长的深幽巷子里疾驰。“棒球帽”跑得飞快，身影消失在有狗叫声的胡同里。“守望者”是一匹狼，他穷追不舍。耳边是呼呼的风，狗叫声越来越响，就在他冲出三岔口的同时，越岭岚的身体忽然离开了地面……

时间变慢了，呼吸也在一瞬间停止。越岭岚的身体在空中不断地翻转着，他听不到任何声音，意识被拉得好长，视力也逐渐远去。

“守望者”看见的最后景象，是一道疾驰而去的汽车尾灯。这条红红的光线与他身上流出来的血液交织在一起，抛洒在没有星星也没有月亮的黑夜里……

身经百战的“守望者”，因为这一次的疏忽大意，终于铸就了自己的“滑铁卢”。而越老师也在病床上躺了整整一年半。

他因此离开了热爱的岗位，也与那个幽静的美术教研室再无交集。显然木已成舟，就不必再做计较。可最令他无法忍受的——是他不仅错过了镜瓷的葬礼，甚至连她的骸骨都不知道安放于何地。

他恨那个半路杀出来的“棒球帽”，但也不会因此将复仇计划的先后顺序给弄颠倒。“守望者”的“仪式”中断了那么久，当务之急就是找到吴霜霜的下落。

直觉告诉越岭岚，“棒球帽”和这个“姐姐”之间必定存在着某种联系。到时候一定可以一箭双雕。

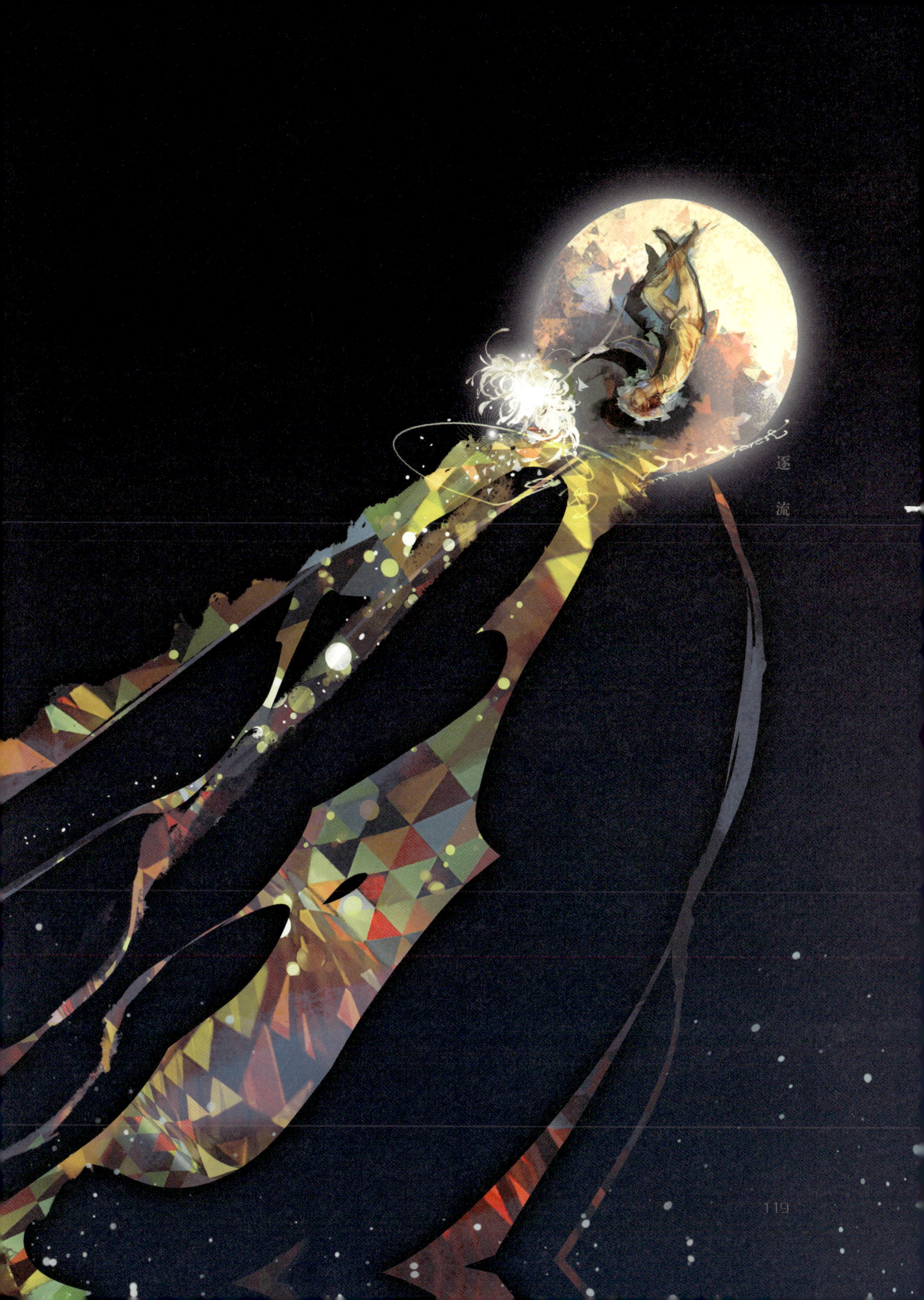

逐流

十三 麻木

释岸

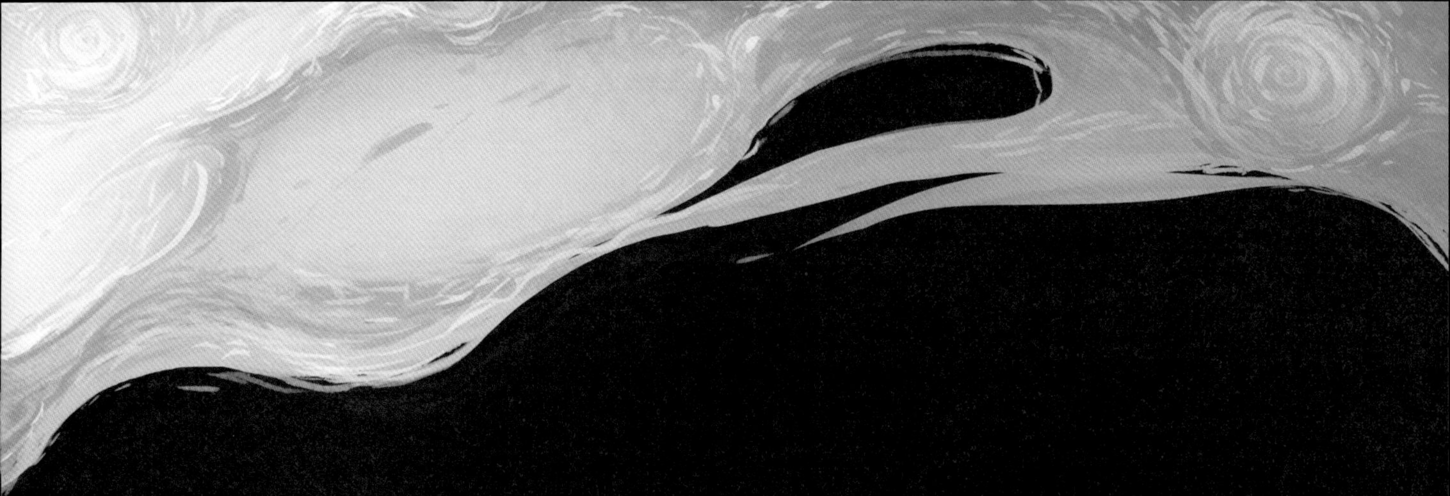

吴霜霜很久没有做噩梦了。

二十九号的凌晨，她尖叫着惊醒。当她意识到阿甲已经出门的时候，又开始无助地啜泣。整栋楼都停电了，她找来所有的蜡烛，把它们聚拢在床边，自己则坐在被烛光包围的毯子里。

自从和阿甲搬到这个城市之后，她已经渐渐淡忘了以前的事情。

她不再像刚开始那样，每晚都惊叫着哭醒，也不再需要借助药物和阿甲不厌其烦的安慰才能睡去。她更不忍心咬阿甲的手臂了，虽然他总是一味地纵容自己。在这两年中，吴霜霜学会了感激，她觉得与阿甲相处的每一分都是上天的恩赐，每一秒都有惊喜……

但就在吴霜霜以为自己已经走出阴霾，重获新生之际，吴明的阴魂却再一次闯进了她的梦里。他笑着提醒“女儿”——有些事情永远都不会被抹去。

就在刚才，就在二十九号的梦里，吴霜霜又回到了那栋灰楼，她还是躺在自己的房间里，像之前无数个噩梦一般的夜晚，吴明这只恶心的“蛆虫”再次闯进了她的卧室，重复着往日的暴行。

忆到此处，吴霜霜吓得魂不附体，她的喉咙深处发出了哀叫，双脚因为羞愤所致的痉挛而蜷曲，细白的指尖抠进了阿甲的枕头里——吴霜霜的整个身体缩成了一只虾米。

比邻的街道搭起了高高的脚手架，这些直冲云霄的绿色庞然大物，把吴霜霜和这间小小的栖身之所夹在了阴影里。不管是人，还是这幢迷你公寓，都在二十九号的凌晨被压迫得无法喘息。

打桩机在夜以继日地轰鸣，那声音让吴霜霜觉得整个世界都在颤抖，她的身体像一只小小的纸船，跟着身下冰冷的床一起无规律地摇晃。脑海中那一段段尘封的往事

被迫泼撒了出来，而她只能麻木地瞪大眼睛，装作事不关己，变回两年前的自己。

在吴镜瓷还没到灰楼之前，吴霜霜一直身处地狱。自从养母离奇死亡之后，养父就开始了对她长达四年的性侵。吴霜霜大二就辍学了，她并没有为此感到惋惜。因为她对电子商务实在提不起兴趣，也自觉转不动脑筋。吴霜霜不想过多回忆自己这些琐碎的生活细节，因为每每回想起来，竟然发现没有一件是值得称道的事情。

她不明白，为什么一直以来自己都过得浑浑噩噩，任何事情只要经过她的手，最终就会变得面目全非、糟糕至极。老师们都说她是“绣花枕头”，她的内心竟然还有点窃喜。吴霜霜很想拥有属于自己的主见，但她好像从来就没有那种能独立思考的脑回路。她不知道自己为什么没有反抗过养父的那些暴行。如果给她第二次选择的机会，她甚至不清楚自己会不会重蹈覆辙，依旧把接下来的人生推进地狱。

吴霜霜忌妒妹妹，忌妒得要死。因为吴镜瓷身上有自己不具备的“才华”“灵性”“自尊”和“勇气”。

她恨妹妹，恨得无以复加。因为吴明不仅给了吴镜瓷一个独立的单间，而且一直都没有碰过她的身体。也许他是想要碰的，但吴镜瓷身上滋生着一种叫作“反骨”的东西，大概就是这个东西一直在保护着吴镜瓷，让吴明有所顾忌。

令吴霜霜高兴的是，吴明最终还是动手了。

那晚，他窥见了吴霜霜的短信，因此狂性大发。禽兽始终都是禽兽，他们永远都不会改变本质，唯一的区别只在于“早晚”二字。吴霜霜终于看到了妹妹狼狈的样子，她心生快意：原来，吴镜瓷除了哭声比自己大，跟她并没有什么区别嘛！

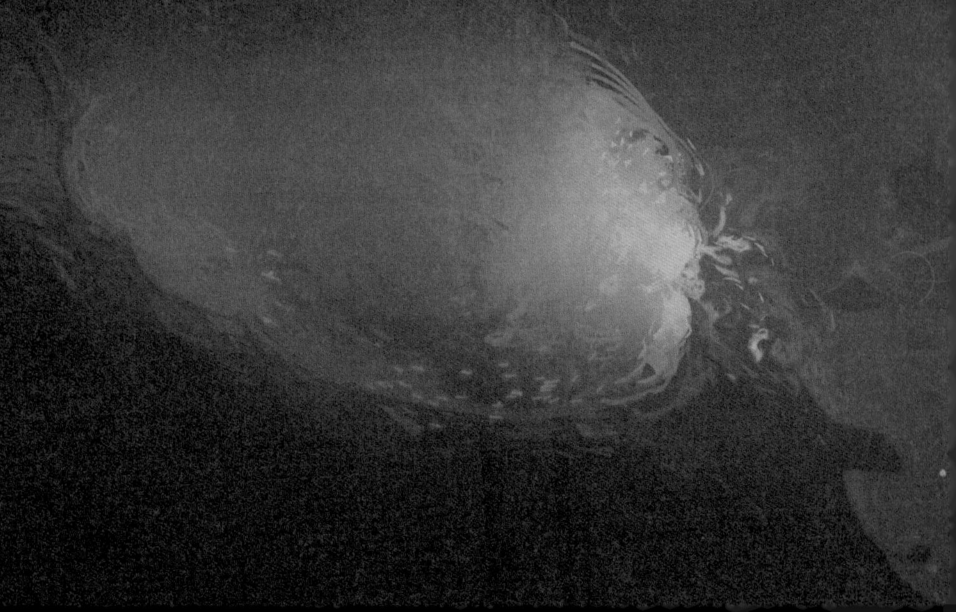

释岸·局部

尽管吴霜霜是如此仇视着妹妹，但她还是会时常想起妹妹。尤其是在阿甲带她出去兜风时，她看着远处的山峦，凝望着夕阳西下……每当这个时候，吴霜霜心底就会浮生惬意。跟着，吴霜霜就会想起她。

如果不是因为吴镜瓷的到来，她恐怕在引产的第五天就要再次遭受强暴。如果不是吴镜瓷在厕所里一遍又一遍的呼喊，她永远都不会知道，她们竟然是生而高贵的。而“女人”二字并非历来就有，都是源于后天的“塑造”。她们应当，且有能力与这世界上的一切罪恶抗争到底！

吴霜霜不会思辨，也没有这样的傲骨和勇气。但吴镜瓷那一声声振聋发聩的呼喊，哪怕她的心再麻木也能感受得到。于是，吴霜霜逃走了。这是她第一次的“抗争”，至于“到底”，就留给她亲爱的妹妹去诠释吧。

吴霜霜逃走的时候，阿甲早已等在了街口。腼腆的男孩什么都没问，而吴霜霜也什么都没说。当她跨上阿甲摩托车的那一刻，就再也没有回头。两个人，一台车。他们横穿喧嚣的城市，来到一处偏僻的海湾。那里有刺眼的斜阳和翱翔的白鸟。微风吹过码头，海水的“鳞片”就泛起了紫红的颜色。芦苇蔫蔫的，一排排地摇着头。吴霜霜麻木地站着，她在想：这应该是此生见过的最哀伤、最美丽的景色了。

太阳下山之后，摩托车继续行驶。吴霜霜的脸贴着阿甲的背，双手则紧紧地环绕着他的身子。于是，吴霜霜开始面无表情地诉说起自己的故事，用一种近乎冷酷的、旁观者的角度，一件件、一桩桩、一幕幕地去阐述……她异常平静，声音没有一丝起伏。

阿甲不说话，他的摩托车一直在加速。直到繁星缀满了天幕，直到阿甲的眼泪被狂风吹走。那一刻，吴霜霜麻木的心里才有了一些温度。她终于可以确认，这个一直默默关心她的学弟是爱她的——爱到不惜任何代价，爱到可以抛弃所有，爱到忽略她的过去，爱到可以说走就走。

当晚，他们回到了阿甲的出租屋。男孩没有碰她。他只是不停地对吴霜霜说着他自认为好玩又开心的往事。这些“笑谈”里包括父母的离异、被放高利贷的追债和外婆的去世，甚至还有家族里那一段不堪回首的败落史。吴霜霜用麻木的皮囊聆听着，但是她的灵魂已经感受到了，来自这个小她六岁的男孩的呵护。

半个月之后，他们离开了出租屋。这是一个充满了仪式感的开始，他们没带任何多余的物品。这样就能彻彻底底地同过去“决裂”，再无牵挂地上路……然而，经过那个海湾时，阿甲突然停下了脚步。他思考了很久，最后让吴霜霜在这里等他。吴霜霜什么都没有问，阿甲也并没有逃走。五天后，男孩出现了，并开回了吴明的黑色轿车。一下车，阿甲就郑重地对吴霜霜说：“放心，我已经替你报了仇。接下来我们朝太阳落山的地方一直走。”

吴霜霜看见了崭新的引擎盖上，那条不易察觉的修补痕迹。她想问阿甲，是否见到了她的妹妹吴镜瓷。但最终她只是紧紧地、感激地抓紧了他的手。

若失

十四 没有人知道

麻木

阿甲无论多忙，都会回家吃晚饭。

但今天是个例外，他凌晨就去了机场。因为有客人出高价找向导，包车去郊外的鸣雨河观光。

今天是二十九号——阿甲的生日。

吴霜霜做了一桌子夜宵等着他回来庆祝。窗外，工地里的作业声此起彼伏，阿甲没有回消息，手机也一直处于呼叫转移中。吴霜霜曾有一度陷入了焦虑。终于，在晚上 10 点 43 分的时候，她看到阿甲那辆黑色的轿车缓缓开进了潮湿的地下室。吴霜霜这才放下心，她赶忙点起桌上的蜡烛，对着镜子稍做修饰。

蚀 · 局部

然而，他的内心是失望的。开门的是一朵俗不可耐的“罂粟花”，虽然够得上大众审美的较高水准线，但越岭岚还是忍不住在心中呼号：“镜瓷啊镜瓷，我的星星，我的骄傲。你生得超凡脱俗，没想到‘溺死’你的，却是这样一摊黏腻的‘福寿膏’。”

越岭岚穿着整洁修身的黑色雨衣，朝着吴霜霜挤出了礼貌的微笑。随即确认道：“请问您是阿甲先生的太太吗？”在漆黑的楼道里，吴霜霜眼前立着一个戴眼镜的瘦高男子。外面没有下雨，但他却穿着一身笔挺的雨衣，而且浑身都湿漉漉的。

“是……是的。”来人并非阿甲，于是吴霜霜的脸又变得失落而麻木。

越岭岚的脚向前挪了一步，戴手套的指尖不着痕迹地抵住了门，有液体从袖口滑出。他不急不缓道：“请问你认识吴镜瓷吗？我想，有一些事情必须让你知道。”

吴霜霜闻听此言，如遭雷击，她想起了凌晨时分的那个噩梦。

对街的打桩机此刻又开始了新一轮的轰鸣，有一种烦躁且厌恶的感觉涌上了她的心头：“不认识！”吴霜霜近乎粗暴地喊了一声，然后用力顶上了房门。

她这一系列的动作，分明就是在不打自招。越岭岚叹了口气，并在一瞬间收起了笑容。他扶了扶眼镜，继而拿起靠在墙角的，那把曾经属于“老黄”的土铳。

黑黢黢的枪口伴随着打桩机的轰鸣，喷出了毫不犹豫的“怒火”。炙热的铁砂轰开门锁，掀掉了带有血手印的门框。“守望者”抬腿，一脚踢开剩下的阻碍。吴霜霜则瘫坐在满是血液和木屑的地板之上。

越岭岚走了过去，不急不缓地蹲下。他抓起假死的吴霜霜，右手捏住她的腮帮子，左手则有条不紊地拿出了一支批改作业的红色记号笔，然后就在吴霜霜麻木的脸上画了一个大而醒目的红“×”。他反复地涂抹、加深这些线条。他的动作慢条斯理，眼神却执着且如饥似渴。笔尖认真、反复地来回移动，终于，那支记号笔因为不堪重负而“腰斩”。

吴霜霜这台宕了机的“电脑”这时才有了响应，她的五官开始痉挛……

11
梦松年·局部

蚀·局部

“守望者”见状，连忙把指尖贴近自己微微上翘的嘴，“嘘……”记号笔应声而落，“守望者”不由分说，揪起吴霜霜的头发就往房间深处拖。吴霜霜的双脚在后退的过程中逐渐恢复了知觉，开始机械性地踢动。桌子倾倒了，蜡烛跟着一歪，引燃了桌布。升腾的火焰里弥漫着廉价葡萄酒的味道。

吴霜霜开始条件反射似的尖叫：“我什么都不知道！我不认识，我不认识！”

她的矢口否认被男人一巴掌打掉，错误的答案令“守望者”怒火中烧。紧接着“守望者”抬起他不耐烦的火铳，朝着这朵黏腻的“罂粟花”开火。土铳炸了膛，偏离膛线的铁砂把吴霜霜的左边脑袋轰得血肉模糊。

“罂粟花”倒地，但不久之后，她又挣扎着爬起来。她仰着头，用勉强睁开的眼睛瞪着这个破门而入的暴徒，脸上的红“×”已经扭曲变形。吴霜霜的血和泪在火光中跳动。

“吴镜瓷给了你多少钱？我也有的。银行卡就在卧室的抽屉里，吴明的二十七万。还请你高抬贵手……”吴霜霜自始至终都不知道妹妹已经死去。

眼前的这个男人有些特别，他和那些男人不同，男人们大多怜香惜玉，但他却对她展现出来的娇弱嗤之以鼻……没有必要再装下去了，暴徒不吃这一套！吴霜霜告诫自己。因此，她哀求的声音里没有了女性特征，她的腔调变得油滑而市井，但她的表情却依旧木讷。

越岭岚的手背上起了一层鸡皮疙瘩，他觉得吴霜霜像极了一个“俑”——一个戴了张假面的“俑”。“罂粟花”分明已经被吓得魂飞天际。她像中了风一样，双腿剧烈地颤动。饶是如此，她那双藏在假面之下的眼睛却依旧死死地盯着他看，充满了狂热与不屈。

因为“罂粟花”看他的样子让“守望者”肃然起敬。他发现她的眼睛里什么情绪都有，却唯独没有恐惧。看来，“罂粟花”并非她所表现出来的那般苍白无力。“守望者”丢开“奄奄一息”的土铳，刻刀从袖口里滑出。

“我叫越岭岚，是一个高中美术老师。吴霜霜，我找了你很久，整整两年零一百一十五天。”越岭岚告诉自己，“罂粟花”是值得死在他的刻刀下的。“守望者”的“仪式”还差最后一步，他继续他的陈述。

“事情该从哪里说起呢？其实，我们并不认识。本来也不会认识，但直到我遇见了吴镜瓷……”

就在“守望者”还欲往下说的时候，吴霜霜竟毫无征兆地发力，如野兽一般朝他猛扑了过去，双手死死地箍住他浸满血污的腿。然后，吴霜霜朝着越岭岚身后的方向绝望地大喊：“快逃，快逃！”

若失·局部

逝

"守望者"下意识转身，看到了阿甲那鲜血横流的脸和被撕裂的漆黑咽喉。他低头，发觉一根尖锐的铁管已从后背贯穿了自己的胸口。跟着，地面上竟然雨后春笋一般"长出"了好多生锈的"竹子"，它们莫名其妙地从天而降……阿甲的半个脑袋消失了……

越岭岚看见的最后景象，是自己笔挺整洁的雨衣上，那一条裂开的、不规则的缝。越岭岚并没有感觉到疼痛，但他真的很想用手抚平那个凹凸不平的大洞……

没有人知道，"守望者"是什么时候对阿甲下的手。只有越岭岚自己知道，他在山清水秀的地方剪烂了阿甲不停咒骂的舌头，为保万无一失，又割开了他的咽喉。越岭岚早料到血会溅得到处都是。因此，这件价格不菲的雨衣是专门为今天而准备的。没有人知道，"守望者"千算万算，还是遗漏了一个阿甲，他低估了后座下那个戴着棒球帽的男孩的生命力，所以他并没有捆上他的手。

也没有人知道，就在他们三人扭打在一起的时候，比邻的工地里发生了严重的事故——整排脚手架从高空坠落，它们贯穿了一旁矮小、破旧的公寓楼。大部分钢条都扎进了吴霜霜与阿甲这对亡命鸳鸯的栖身之处。

更不会有人知晓，越岭岚和普通人之间的差异不仅仅表现在"心理"层面，还存在于"生理"之中——他的心脏长在了右边。阿甲最后的拼死一搏，终究还是敌不过宿命……

这就是一切的经过。整整八百四十五天的焦灼。

30
5
浅睡眠
FOREST DIGITAL ART STUDIO

浅睡眠·局部

随着医护人员的离去，星河医院二十九楼3号的特殊病房里，又恢复了宁静。

大门紧闭。终于，在有细雨飘落的房间，剩下了一男一女。他们彼此“对望”着，在时间之外，在宿命的天平里。

三相性

越岭岚的思绪回归了此行的目的地。

在意识脱离肉体的这段时间里，他每分每秒都在想念着自己的身体，他需要一个归宿。腕上的手铐吸引了“守望者”的注意，对于究竟能不能逃脱，他没有太大的把握。但当他看到吴霜霜桌上的心率监测仪又恢复了一成不变的稳定频率，“守望者”的嘴角还是扬起了笑意，他看着那个他“朝思暮想”的女人。他就知道，她绝不会这么轻易地死去，这样的“终结”对她来说不太公平。

“守望者”的“仪式”还没有结束，“罂粟花”的性命注定要凋谢在那把闪闪发亮的刻刀下。

电光划过，不远处传来了雷鸣。

骆驼站在明与暗的交界处，瞪着眼睛。只有它知道一切——它看见了缓缓驶来的警车，听到了“疏而不漏”的声音，闪烁的警灯撕开至暗时刻。即便是供灵魂游离的地界，也绝不会是法外之地。这一点，它心知肚明。“守望者”踏错第一步的时候，丧曲就已经开始奏鸣。

然而“守望者”不是骆驼，他还是一意孤行。“守望者”决然地朝自己的身体走了过去。清风徐来，前方出现了一片光晕。

可惜的是，已经没有人知道，接下来将要发生的事情……

·END·

Forest Digital Art Studio

相性·局部

特别篇·泥盆记

雨后光阴·局部

雨后光阴
868
人民公

大家好，我叫小砍头。长话短说，前面的事情记不太清楚了，只记得，当我到达目的地的时候，山崖边已经停放了零星的车辆。

除去钱包之外，我手里只拎着个老旧的泥炉，炉面上端坐着一只铝制的茶壶。这是从路过的老乡那里借来的旧物，至于为什么要借这个玩意儿，我一时间也说不清楚。我与这个地方是头一次相见，小山村并没有想象中那般蛮荒。看着手里的泥炉，我意识到此次旅行大约是用不着自己生火做饭的。

伸展四肢，我向这条还算平整的二级公路放眼望去，远处皆是一望无边的墨绿田野，当然，还有泛着荧光的海子。我发现，这个山坳里的光线有着模棱两可的“态度”：在不知是清晨还是傍晚的基调下，田野散发出古典油画一般凝重的气质……遥远的地方飘来了炊烟，更远的山对面有农家乐的灯火，这一切都被琥珀一样的海子看在“眼里”，但它悄悄地“猫着”，不为所动。

没想到自己竟然是第一个到达的，早知如此我就应该带上新买的游戏机，把等人的时光好好消磨。我一边想一边朝田野走去。手中的炉子左右摇晃，泥胎与外部的铁盆摩擦着，发出了廉价的“吆喝”。

我抬头用45度角仰望，双脚立在厚实的田埂上。这个山坳里没有风，所有的一切都似碧绿的钵仔糕，呈现出黏稠而紧实的律动。

老狸子第二个到达了。他走到我身边，和我并排站着。“值得表扬，小砍头这一次竟然没有迟到！”闻听此言我傲娇地噘起嘴，心里暖洋洋的。我当然明白老狸子的“潜台词”，他和我一样，也十分中意这个地方。“其他人去了对面的停车场，咱们也过去吧。”语毕，我俩迈开大步。

我们绕着海子走，天色渐晚，平静如墨一般的水面没有一丝涟漪，海子就好似一只睡着了的、软绵绵的黑鸭子。我们又穿过寂静的芦苇地，没有风，灰白的芦苇垂着脑袋，一副爱答不理的样子……

终于，一行四人在通往村口的乡间小路会合了。空气中隐约可以闻到烤肉香。胃部涌出“前进的动力”让四个“饕餮”情绪异常高涨，有说有笑地向前迈进。“鸣雨河”的招牌在远处欢迎着我们，眼见转过前面的山脚就要到达。众人的脚步更加“殷勤”了。

可就在此时，转弯处出现了一支队伍。我注意到——队伍的排头和结尾处一共有四个剃着光头的男人，他们都穿着做工考究的黑色仿古对襟长衫。这些人不仅面无表情，而且一言不发。与之形成鲜明对比的，是夹在他们中间的那几个“杀马特”青年。这些青年的毛发不仅旺盛，而且色彩斑斓。他们说着我们难懂的方言，在这寂静的山谷里推推搡搡大喊大叫。

乡村道路逼仄，两队人就这样突兀地撞在了一起。交会时，彼此的队形被打乱。方才离得远，没听清他们口中聒噪的核心内容，这次我听得真切。这几个獐头鼠目的“乡村非主流”正在推搡两个女青年，嘴里调戏声不断，并有动手动脚的现象。

整个过程中女青年均面露惧色，迫于对方的淫威，她们只得半推半就。面对这种情况，“叔”能忍，但“婶”也忍不了啊。可还没等我反应过来，老狸子他们就与这些“杀马特”里的“害群之马”，展开了激烈的肢体冲撞，并对他们的长辈频繁地“问候”。作为佛系女青年，我自然是要奋不顾身上前“劝解”的。我一边喊着：“和气生财，冲动无益。”一边拨开冷眼旁观的四个光头男人，加入了小伙伴们“替天行道”的队伍。

氧

谁说女子不如男，小砍头薅起头发来也是当仁不让！正当我挠得“如火如荼”之际，只听得一个脸上有疤且怒发冲冠的“杀马特”朝我喊了一句：“反正都是死，也不怕再死一回！”说罢，他便抄起一柄不知何处出现的匕首，朝我扑了过来。

接下来发生的事情已经超出了我的理解范围：在听到那句没头没尾的“恐吓”之后，我就被一种不属于自己的极端焦虑和愤怒的情绪所掌控——小砍头成了匹脱缰的野马，也不知哪儿来的力气和胆量，竟然夺下了“杀马特”刺过来的匕首，继而不顾死活地和他在陌生的乡村公路上扭打起来……

在山脚有道转弯的地方，我与调戏女青年的臭流氓已大战了三百回合。场面失去了控制，我的瞳孔中满是陌生且惊恐的脸，寻不见老狸子和小伙伴们的踪迹，低下头一看，不知何时已经满身的鲜血……

恍惚间，沼泽的尽头，我竟然看见了另一个自己——“她”站在海子的边缘化身为巫女。巫女口里哼唱着古老的歌谣，双眼紧闭，双手像迎风的柳条，不停地随着身体左摆右摇……

氧·局部

在山脚有道转弯的地方，我被愤怒冲昏了头脑，正在用没有章法的王八拳“替天行道”。

恍惚间，漆黑的海子边缘，巫女睁开了双眼：她惊骇地发现，方才村口那些活生生的男女，不知为何竟然都已经死去。他们横七竖八地泡在海子里，好似一堆被遗忘了许久的祭品。这些男男女女漂浮着，与沉积的枯叶为伴，与不腐的海子为伍。他们拼成了块漆黑的、讳莫如深的巨大琥珀……而那四个光头的男人则直挺挺地立在遥远的芦苇深处，眼睛朝着巫女的方向，对襟长衫的衣摆在脚边无声地摇动……

这是怎么了？我仿佛经历着一场时空的交错，那些不属于自己的体验，一些尘封的往事，罪恶的因果呼之欲出……它们一股脑儿地展开，不让我思考片刻。脆弱的意识承受不了，终于一分为二，一个在山脚有道转弯的地方，小砍头依然“战”在村口，“巫女”则立在沼泽尽头。

然而，原始的本能在我即将崩溃的瞬间踩下了刹车，求生欲战胜了心魔，我浑身猛地一震，回过魂来……

泥沼中的宁芙

我的头依然呈 45 度角仰望天空，双脚还是立在厚实的田埂中。漆黑的山崖边没有了车辆，老狸子和伙伴们不知所终，就好像他们从来没有到过这个小山村。自始至终，只有我一个人，站在公路的边缘，面对荒野里那一片静默的朦胧……我就这样孤零零地站着，浑身冒冷汗：刚才发生了什么？我是谁？我在哪儿？是不是工作太累容易让人变傻？

没有人回答……时间凝固了，这是一种我从未体验过的"孤独"，无助中不仅有恐惧、绝望，还有无法宣泄的怨怼。那遥远的农家灯火已经没有办法给我慰藉，平日里乖戾倔强的小砍头面对此情此景，几乎被吓得哭出声来。

就在我万念俱灰之时，尖锐的手机铃声划过耳际，我浑身一个激灵，终于彻彻底底地清醒了过来，诡异的感觉也瞬间消失。山坳里的时间随着铃声的扩散开始流逝。我连忙抓起"救命稻草"："喂？"我的声音因为恐惧变得遥远而苍老。

"小砍头你去哪儿了？怎么转个弯就不见人影了？"话筒里传来老狸子清晰而焦急的声音。紧接着，他用更为急迫的语气对我说，"赶紧把那个破泥盆丢掉！村里人说，那是给死人用的。"

扔下泥炉，我朝着有灯光的地方一路狂奔，再也不敢回头……

事后，老狸子问我："还敢不敢拿陌生人的东西？"

"有什么不敢！"我嘴硬道。

——2018 年 2 月 25 日小砍头之梦

特别篇·消失的楼梯

开到荼靡

迷城

大家好，我是小砍头。长话短说，这天一早我赶回家，穿过五号院大门时被一个陌生的男人叫住。他拜托我送一盒东西给我楼下的房客。我答应了。虽然彼此并不认识，但小砍头是个乐于助人的三好青年。我住 11 栋 3 单元五楼，送货地址在 11 栋 3 单元四楼，这不过是举手之劳。

与往常一样，我开始爬楼梯。到四楼的时候按响了门铃。开门的是个秃顶的中年大叔。东西成功地送达他的手中，叔叔称谢，但他似乎并不在意手中的礼物。临走时，我瞥见他把那盒子随手丢在了楼道里。

我转身准备上楼，奇怪的事情发生了——通往五楼的楼梯消失了。我愣住，百思而不得其解。家门明明在不远处，但我就是过不去……

第二天一早，我来到五号院。又遇到了昨天的那个男人，他语气诚恳地拜托我再送一盒东西给我楼下的房客。我答应了。这不过是举手之劳。

成功到达四楼，我再次圆满地完成了任务。中年叔叔的道谢声消失在紧闭的门缝里。我感到欣慰，因为今天他没有把盒子乱扔。转弯后，奇怪的事情发生了——我的脚下并没有通往五楼的楼梯。整个楼面在转弯处戛然而止，就像刚刚烂尾的高架桥，烂尾处的框架结构尚在，横切面还算平整清晰。我低头望去，可以看到从 1 楼透进来的影影绰绰的光线。

我赶忙转身跑下楼，用“虔诚”的步伐，重新攀爬了一遍 11 栋 3 单元。然而，消失的楼梯依旧是消失的。回家的大门依旧挂在不远处的墙面上，宛如镜花水月。我没有死心，又往返了若干次，妄图用“重启大法”规避程序上的错误。但最终，楼梯也并没有因为我的“虔诚”而“庄重”地出现。

无一物·局部

小砍头怒了——我敲开四楼房客的门，没等秃顶的叔叔站稳就擅自闯了进去。

本想着从四楼的阳台爬到五楼去。但推开门的一刹那，我怎么都不会想到——迎接我的竟然是“五百里滇池奔来眼底”的壮丽美景。

微风拂面——这里不再是狭窄的居民楼，而是一处宽阔的“海景露台”。我望着对岸的城市，在林立的高楼间找到了老旧泛黄的五号院。它沐浴在阳光之下，窗玻璃不停地闪烁着，像极了一双双期待的眼眸。

小砍头理智的世界崩塌了，继而陷入了浩渺的沉思之海……谁能料到，在科幻小说里才会出现的“时空门”，竟然被一个油腻、秃顶的中年男人所“掌控”。很明显，这颗上好的“白菜”已经被“拱”了多时。而且叔叔丝毫没有流露出将“宝贝”上交的良好态度。他只是悄无声息地蜗居在这不起眼的 11 栋 3 单元，鬼鬼祟祟地成了我楼下的房客。真是好狡猾！

我转头，咬牙切齿地盯着这个猥琐又狡黠的叔叔。他摊开了白胖的双手，人畜无害地露出了尴尬又不失礼貌的微笑反问我："发生了什么事？"这个"老油条"在硬着头皮狡辩，看样子他是打算把这场戏演到底了！

我是从对岸走着回去的。抵达五号院的时候，已是第三天的破晓。别问我为什么不打车，原因连我自己都不知道。

这时，一个慈祥的老奶奶叫住了我。她拜托我送一盒东西给楼下的房客。我答应了——小砍头从来都是一个尊老爱幼的好青年（这一点，相信你们是了解的），再说拜托我的人也不再是之前的陌生男子，我也就没有了骂人甚至打人的理由。

令人高兴的是，我在五号院大门口遇到了四个同伴：三男一女，女的穿着一件漂亮的红色裙子。他们也要去 11 栋 3 单元，也要上五楼。一路上他们向我讲述了那条莫名其妙消失的楼梯，而我则向他们吐槽了那个奇怪的中年房客。

今天的 3 单元和往常大不相同，它成了一座浸泡在汪洋里的巨大高楼，而五楼是冒尖儿的小岛。我们走进去，楼梯间湿漉漉的，每一层都变得很深很高。楼道的墙缝里不停地有水滴坠落，好似“水泥钟乳石洞”正在奏鸣。

不出我所料，通往五楼的楼梯依旧是“缺席”的。没有一丝犹豫，我们果断推开了叔叔没有一丝防备的大门。

推开门的一刹那，迎接我们的并不是“五百里滇池奔来眼底”的壮丽美景，而是由无数怪异几何体构建的纯白“星球”。在这个“星球”里没有生命，有的只是让人无法理解的形状，循环往复的颤动，物体表面诡异的结构分解和分形重构……

我们立在当场。不知过了多久，有一阵微风拂过，吹开了远方几何形状的“云朵”。

遥远的地平线上露出了熟悉的那个时空——我看见了宽阔的“海景露台”，波光粼粼的滇池从它背后透过。我们面面相觑，像五个初下“副本”的新手，一时间不知所措。

狡黠的叔叔站在门边，他又露出了人畜无害的招牌式笑容。我看着手中的包裹，发现在门边也堆放着许多一模一样的盒子。于是，众人上前开始推搡并逼问中年大叔关于楼梯的事。

“别急，过几天就能修好！”“老油条”不断地重复着。

天无绝人之路。就在这时，穿红裙子的女生跑了过来，她说她发现地下室里有一部电梯，说不定能直接通往五楼。

旧地重游·局部

我从不知道五号院的哪栋楼里有过地下室这种“洋气”的东西，更没听说过老式单元楼有过安装电梯的这种“高级操作”。于是，一行人半信半疑地来到1楼转角，发现那里果真出现了一条路，径直通往地下室。

一部满是水渍且异常宽大的电梯端正地矗立在幽暗的通道中。

电梯门半开着，冷光灯映照出它青蓝色的金属内壳。有水滴从电梯顶部滚落，“滴答”的声响不绝于耳。地板积起的一摊水，倒映出五个小伙伴迫不及待的影子。

我们用“虔诚”的步伐走进电梯，“郑重”地按亮了五楼的按钮。

电梯终于在一阵轻微的颤动之后开始缓缓上行。时间过得很慢，没有人说话，我靠在最里侧。11 栋 3 单元似乎高得没有尽头……这里何时多出了一部电梯？它是不是为了替代消失的那一段楼梯而建造的呢？我心中疑虑重重。但不管怎样，终于可以回家了，我高兴地想着。

“五楼会不会积着海水呢？”不知是谁没头没脑地嘀咕了一嗓子。

半秒月光・局部

众人还没来得及思考，“叮”的一声，五楼到了。

电梯门应声敞开，汹涌浑浊的海水扑面而至。我吓得连忙后退，但海水却以更快的速度退去了。我掸着身上的水珠，发现挤在门口的小伙伴们并没有那么幸运：他们从头到脚都湿透了，一个个直挺挺地立在敞开的电梯口。

我幸灾乐祸地客套了一句：“大家都没事吧？”他们还是一动不动。门外漆黑一片，气氛也跟着凝固了。

我上前，拨开他们僵直的身体。

冷雨扑来，整个五楼都笼罩在压抑、灰暗的气氛之中。就在这时，头顶传来了滚滚雷声。电光划过，我看到不远处的地上躺着一个身穿漂亮红裙子的女人，浑身湿漉漉的。她身边有一条触目惊心的、用粉笔勾勒出的苍白轮廓。当我的双眼适应了黑暗，方才洞悉了那条裙子的真面目——它原本该是雪白的材质，只不过被鲜血浸泡之后才变得通红。我囫囵地抹了抹满是雨水的脸，紧接着看到了无数沾满雨滴的橙黄色警戒线。又是一道电光划过，更远处的房间里，地上还躺着我们几个。

“原来，我们已经死了啊。”我心中在嘀咕。事已至此，没有人还会在意凶手或者报仇，这是只有死后才拥有的顿悟。

我直直地挺立在案发现场，脑海里空无一物。面前的警戒线被狂风吹得噼啪作响，就像一道道往生的符咒。五个被困住的游魂再没有勇气上前半步……

我开始怀念周而复始的“五号院一日游”。也领悟了“消失的楼梯”中蕴含的“人情味”——这是它留给我们的、最后的“体面”和“温柔”。

——2018 年 3 月 18 日小砍头之梦

驾鹤